海に金槌

我が短歌小史

久我田鶴子

砂子屋書房

海に金槌　＊目次

I

思いと言葉　14
女性をめぐって　17
エロスの向こうで　20
時代おくれと言われても　23
世界を産む　26
〝女流の時代〟返上します　29
女であることに対する吐き気　34
オイルとジュピター　39
続・オイルとジュピター　45
「新しさ」に踊らされた果て　50

水のうた（I）　桃原邑子　54
水のうた（II）　高野公彦　57
水のうた（III）　村木道彦　60
ざんざんばらん　63
〃べき〃などない、好きにやろう　67

II

立原道造の世界　70
精神の結晶化　72
坂出裕子著『道化の孤独』を読む　74
人間の中にあるヒト　78

自らの意志による新たなる誕生　84
わたしの『桃花紅』　89
思索・美意識・新しいリズム　93
ぐんぐん歩く此処も「橋の上」　98
地を歩むひと、阿木津英　103
関根和美歌集『呂宋《ルソン》へ』に寄せて　108
小池光歌集『山鳩集』を読む　113
内山晶太歌集『窓、その他』を読む　117
二〇一四年の終わりに　121
渡辺松男歌集『きなげつの魚』　125
水原紫苑歌集『光儀《すがた》』に寄せて　128

III

藤沢螢って誰だ？ 138
割れた卵 143
北新宿三丁目の伯母 146
同姓同名の不思議 149
小中英之と「螢田」 151
十五年目の手紙 154
ジュサブローさん 156
ベン・シャーンから石田徹也まで 159
「わたし」とは何か 164
短歌歳時記 166

『計算尺とゴジラ』にいたるエピソード 169
片貝荘と佐佐木信綱 173
高麗青磁と坂出裕子 175
後れて読む 178

Ⅳ

歌に賭ける思いの強さ 182
初めての沖縄 187
桃原邑子メモ 191
邑子のふるさと屋慶名にて 193
事実から表現へ 196

知覧で宜蘭、桃原邑子をおもう　200
沖縄と私　205
追悼　雨宮雅子　208
あの夏の、あの「時」の、向日葵と百合　211
ひさびさの「水牛」に　214

後記　219

装本　倉本　修

海に金槌――わが短歌小史

I

思いと言葉

昭和五十九年三月からたてつづけに出た山中智恵子氏の三歌集をまとめて読んだ。最愛の人を亡くした悲しみが噴出したような作品群で、その中の『星肆』によって昨年の迢空賞を受賞している。

ほととぎす沁みて思はむ愛はただ胸に頭をつけねむらむことか　『星醒記』
醒めなば汝よかたへにあれとのたまひしきみのまなじりなみだ流れて　『星醒記』
とてもかくても君のゆきたるなかぞらに歩むすべなきものおもひかな　『星肆』
空蟬を胸に置きたりつくづくとたましひのみのきみとなりたる　『星肆』
萩紫苑つゆくさのこる庭にゐて恋を離れゆく歌うたはなむ　『神末』

思いと言葉に隙間がない。山中氏は、時空間を自由に移動する力を持っているらしい。歌は一息に吐き出された呼気のように自然でぬくもりをもちつつ、しかも澄んでいる。

鳥の名も草の名も星の名も呼ばれるべきものとして、そこにある。それはもう固有名詞以上のものなのだ。自らとひと続きのものなのだ。トラツグミもカミツレ草もアンドロメダも内なるものに共鳴している。自然と交感しうる力を持っている人が、最愛の人の死を契機にその力のボルテージを高めたかのように見える。だからこそ、思いと言葉に隙間がなく、内側からの必然として一首一首が輝くのだ。そしてなおかつ、全体としても澄んだ悲しみの音色を感じさせるのだろう。

前登志夫氏はかつてこのように書かれた。

現代短歌の世界に課せられた最もささやかな課題は、存在するもの、自然のなかのどんな小さなものにも、畏れの感情を失わぬことであると、わたしは考える。

私はこの『わが山河慟哭の歌』における前氏の発言に長く執着している。現代短歌に対する重要な警鐘であったと考える。

現代社会において、人は巨大な社会機構の部品と化し、個人の存在価値もどんどん縮小化しているように思われる。自分の体で感じ自分の言葉で話す場というのも狭められているのではあるまいか。自ら作り出した文明の陰で、人間はあるいは日毎に生気を失い、孤立の度合を深めているのかもしれない。人間には抒情などまるで不必要だとでもいうような世の中だ。

数寄屋橋ソニービルディング屋上に青きさんぐわつのみぞれ降りゐき　『廃駅』
コンピューター一基に春夜藤いろの淡き灯ともるさぶし官能　『廃駅』

小池光氏のこれらの歌は、無機的な現代社会に抒情のしめりとぬくもりとを与え、現代社会を息づかせる一種の試みだったと思う。「さんぐわつ」や「藤いろの」という表記の仕方にもそうした意図は見える。しかし、抒情とはいえ実にささやかなもので、取り合わせのおもしろさはあったにしても空虚感は隠しえない。ここから先へは進みようがないように思われる。そういう意味からすると現代文明をよく映し出しているだろう。

人間が真に生き生きするためには、もっと根本のところで考え直していかねばならないだろう。自然を破壊する形でしか進歩しえなかった社会の根本に誤りがあった。それを公園を作ったり街路樹を植えることで補おうとしても、でき上がったものは自然とはほど遠い。だが、これをすべてご破算にした上で一からやり直すわけにはいかない。とするならば、この環境の中で人間らしく生きる工夫をしなければなるまい。

人間らしく生きる――それはとりもなおさず、この世に存在するあらゆる生命体、更に人間を超えるものを尊重し畏れるところから始まらねばならない。「生きる」というだけでなく、「生かされている」という見地からも謙虚に自己の存在を見つめる必要があろう。短歌の発想もしかり。「個」を超えていく歌もそういうところから生まれるのだと思う。

（「地中海」一九八六・五月号）

女性をめぐって

女性が自らの〈性〉をうたうとき、それは、女であり、妻であり、母であり、人間である〈いのち〉の総体をうたうことであった。うたうことによって、自らのなかに閉ざされていたものを解き放ってきた。

「人は人間と女性の二種類に分けられる。そして女性が人間のように行動しはじめると非難される」とは、ボーヴォワールの言葉である。

与謝野晶子にしても中城ふみ子にしても、〈性〉をうたうことは、何より自らの問題であった。自分という存在を見つめたときに〈性〉の問題は避けて通れない大問題であったのだ。女はこうあるべきだ、はしたないことは言うな式の考えにガチガチに固められ、〈性〉をいっそう淫靡なものであるかのように押しこめてきた自己の意識改革からすべては始まったのではなかったか。

そして、おそらくそれはいまもほとんど変わっていない。自己の意識改革から始まるものである以上、個人の枠からなかなか広がっていかないのだ。晶子からふみ子へ、さらに河野裕子らへと続く流れはあっても、まだまだ全体の意識改革には至っていない。したがって、いまも女が〈人間〉としての自覚をもって生きようとすると、かなりシンドイ状況が生まれてくる。

そうした状況に敢然と立ち向かったのは、阿木津英だろう。

さやさやと家族まもれる妹を肉袋とし夢に吊るしき

自己完成を第一義とせずなりし伊藤野枝そののち五度孕みき

『天の鴉片』のなかでは、ひとりの人間として生きようとする女性に最も無理解なのは同性であることを鋭く指摘している。女が女であることにもたれきって、意識をそれ以上のところへ引き上げていかないこと、女の役割を負わされているだけかもしれないのに、それを疑ってみようともしないことに苛立つ。ここにおいて阿木津の抵抗は、異性へよりもむしろ同性に向けられている。

河野裕子の場合には、女であること、母であること、妻であることをまるがかえにして、人間である自らをうたってみせた。

二人子を抱きてなほも剰る腕汝れらが父のかなしみも容る

君を打ち子を打ち灼けるごとき掌よざんざんばらんと髪とき眠る

古代より脈々と続いてきた血の系譜を積極的に肯定し、そこへ自らの〈生〉を据えてうたったところが河野の歌の勁さだろう。女であることと人間であることとが相反することでなく、河野のなかでは一体化している。そして、野太い〈母なるもの〉の声を響かせる。

この二人の〈性〉へのこだわり方は異なるが、女性に関する問いかけには熱いものがある。自分ひとりの個人的段階にとどめず、もっと一般的なものにしていこうとする意識がはたらいている。「生理中のFUCK」をうたって周囲を驚かせた二十代歌人の林あまりや「恋愛のことはやめろと諭されて嫁入り道具の一つか歌も」とうたう俵万智も、これから自らの〈性〉の問題と対決しないではすまないだろう。それとも、そんな問題はすでに超越してごく自然に生きている〈新人類〉だというのだろうか。

（「地中海」一九八七・十一月号）

エロスの向こうで

〈性〉は〈生〉にほかならない、と思う。

苛めぬくやはらかなその掌のしたに背の山脈のたかぶりやまず
髪の根をわけゆくあせのひかりつつみえたるころのあはれなる愛

岡井隆は『禁忌と好色』の中で、このようにエロスをうたってみせた。しかし、そこに岡井の冷静な視線を感じるのは私だけだろうか。愛の行為の最中にも自らは常に溺れることができず、相手の反応をはかっている男が見えてくる。「男から女へつひに流れたるその場かぎりの叫び声あはれ」という歌もある。なぜ「その場かぎり」なのか。そこに女を踏みつけにしていく男の身勝手さを見てしまうのは誤りだろうか。

その辺の追究は別の機会にゆずることにして、どうやらエロスの幻想さえ見ることができなくなっているのが現代であるらしい。解放的になっている性風俗の裏返し現象か、めまぐるしく変化する時代のなかで日ごとに溜っていくストレスのせいか――。いずれにしても、目先の現象を追うことに精一杯で、自己を見失っている現代人の状況は見落とせない。

生理中のFUCKは熱し／血の海をふたりつくづく眺めてしまう
〝アイシテル〟〝スキダヨ〟陳腐な台詞たち／――それさえもなく脱がされるだけ
（『マース＝エンジェル』）

林あまりのこれらの歌には、エロスがない。ワイセツでさえない。むき出しの言葉が投げ出された格好で、痛ましいまでに愛の不毛をさらしている。脱ぐのもセックスするのも簡単だが、そんなことでは埋めようもない悲しみをかかえこんでいるのにちがいない。

君の子を、否、君をまま孕みたし桜せつなく吹雪かせてをり
（「こえ」）

これもやはり若い鈴木英子の歌。ここにある性急さ、飢えの感覚はどうだ。飽食の時代といわれ、物も情報もあふれている時代にあって、魂の飢えはいままでにないほど強まっているのではないか。〈性〉は〈生〉にほかならないというには、あまりに不幸な状況がある。

そうしたなかで上田三四二の存在はきわだつ。

かきあげてあまれる髪をまく腕腋窩の闇をけぶらせながら
ゆるやかに鴛鴦ふたつゆく水の輪は彩ある胸の尖より生れて

癌の再発の不安がようやく薄れ、かわってしのび寄ってくる老いを自覚しはじめたころの歌集『遊行』から引いた。ほのかにエロスがかおりたつ。秤のもう一方に〈抗いがたい死〉という分銅を載せているからこそ、清澄といっていいようなエロスが漂うのだろう。ここでは〈生〉そのものとしてのエロスがやさしく息づいていよう。

してみると、現代においていちばん見えにくくなっているのは〈死〉なのかもしれない。この世に生かされているという謙虚さを忘れ、傲慢さが勝ったとき、〈生〉も〈性〉も、そしてエロスも輝きを失うのだろう。にもかかわらず、現代の人間は、欲望の追求にあけくれることによって、常に満たされぬ思いを膨張させている。本当に大切なものが何であるかをも知ろうとしない。すぐ目の前にある具体しか見えない状況をこそ、不幸というべきかもしれない。

（「地中海」一九八七・十二月号）

時代おくれと言われても

時代の気分や時代が引き起こす現象によりかかった作歌からは、何も引き出せないのではないか。時代風潮に乗ったような作品を目にするたびに、私は〈虚無〉を感じずにはいられない。ミヒャエル＝エンデの『ネバー・エンディング・ストーリー』に出てきた、〈虚無〉がものすごい勢いですべてを薙ぎ倒していくという話は、単なる作り話ではない。現に今、世界に起こっていることなのだ。歌を作る者は、ある面、時代おくれでいいのではなかろうか。時流に乗る必要はない。時代に対する目配りの必要は、トレンドを追うことにではなく、もっと別のところにあるはずだ。「短歌往来」の二月号で俵万智は、小笠原賢二の「同義反覆という徒労」に応えるかたちで、

ならば、まさにそのことを主題にできないだろうか。テーゼがあって、アンチテーゼがあって、というような弁証法的な上昇は、もはや望めない。ならば、テーゼもなくて、アンチテーゼもない状況を、自分はどう生きているのか、を見つめなおしてみたい、と思う。

と書いている。一見、自由で解放されたかに見える、拠りどころのない世界。その状況や現象を描くことは、このところさかんになされてきた。しかし、俵は、そこで「自分はどう生きているのか、を見つめなおしてみたい」と言う。第二歌集を出し、いよいよ短歌に深くかかわっていこうとする覚悟とも読め、好感がもてた。

シラジラシイ、あるいは、ソラゾラシイ状況認識はもうたくさんだ。その認識の上に立って、自分がどう生きているかがうたわれていかなければ、意味がない。まずは、自らが〈虚無〉にとらわれないことだ。

自らが〈生きる〉という場においてとらえた歌こそが、歌としての生命を持つ。自らが感じ、自らが考え、つまり、自らを通して得た言葉こそが光りかがやく。

トレンドを追う目は、時代の共通項と、その先端にばかり向けられていた。そこには、群れからの発想があった。しかし、やはりひとりひとりに帰るべきなのだ。個からの発想、そこからしか、気づかずにいた本質の発見というのもありえない。

現代人には、少なからず時代おくれになることへの怖れに動かされて、知らず知らずのうちに自己を喪失していく愚かしさを誰もが持っている。だが、そうして進んでいった先にあるのは何か。時代おくれにはならずにすむかもしれない。しかし、それが何だと言うのだ。自分を失い、時代に流され、……それでもそれを〈生きている〉と言えるのだろうか。

自らが〈生きる〉というところから出発しないかぎり、何も見えてこないような気がする。いささか時代おくれになろうとも、個にたち帰り、現象の奥にあるもの、ほんとうに大切なものとは何かに心をかたむけていかなければならないだろう。
情報過多の時代では、いっそうその必要があるのだ。

（「地中海」一九九二・五月号）

世界を産む

フェミニズム論議もだいぶ収まってきた感じである。しかし、決着がついたわけでも、何らかの確かな方向が示されたわけでもない。今後もずっと考えていかなければならない問題として今も私たちの前にある。

フェミニズムのようなことが、まるでブームか何かのように騒がれて、その後は古い話題だとばかりに顧みられないというのは、情報化時代のマイナス現象であろう。それはそれとして。

ひぐらしは臓腑に鳴きて涼しきになほ夕森を求めやまずも
高層の窓に降る雪生まれ来ていまだをさなしその黒瞳見ゆ
粉雪のあはひにまよふ月光を胎児はつかむ母に見すべく
抱くとき水の輪郭ふれあへば球体以前の青をたづねむ

水原紫苑の新しい歌集『うたうら』から引いた。母性を前面にうち出した河野裕子に対抗するかのように、「産むならば世界を産めよものの芽の湧き立つ森のさみどりのなか」とうたったのは阿木津英であった。今、この水原紫苑の歌を見ると、〝世界を産む〟ということが具現化されつつあるように思う。フェミニズム論議を超えて〝世界を産む〟母性が存在することを思わされる。

水原は、すでに第一歌集の『びあんか』から、世界につながる母性をうかがわせていた。

宥されてわれは生みたし　硝子・貝・時計のやうに響きあふ子ら
いにしへは鳥なりし空　胸あをく昼月つひに孵らぬを抱く

女性が母親として自分の生んだ子を守り育てようとする本能的性質、という狭義（とあえて言うが）の「母性」ではない。今まで「母性」が語られるときには、母親と自分の産んだ子という密着した関係にばかり終始し、その枠からなかなか脱け出られなかったが、それで終わっては新たな進展は望めないだろう。母親でなくても、子供を持たなくても、「母性」を語ることはできるし、また、そうできるようにしていかなければ、未来を考える道も狭まってしまうだろう。

水原の場合、現実的にはまだ母親ではない。だが、臓腑に鳴くひぐらしや雪の黒瞳をうたうとき、その背後に母性の存在が潜んでいるように見える。世界を包み、世界を産み出す、大きな広がりとしての母性だ。この母性があるかぎり、世界はそう簡単にはほろぶまい。

自然保護を声高に訴える歌や社会現象を追って器用に矛盾を突いてみせる歌もある。しかし、歌としての魅力を考えた時に、どれだけ踏みとどまれるか。そしてまた、現実に対してもどれだけの効力を持ちうるか。一見したところ社会には触れていないかに見える歌の中にも静かな提言はある。世界を産むような豊饒な母性は、今だからこそ必要なのかもしれない。この母性は、生命の哀しみも知っている。

（「地中海」一九九二・六月号）

〝女流の時代〟返上します

〝女流の時代〟とは誰が言っていることなのか。今に言われたことではないと思うが、言っているのはたぶん男性であろう。女性が〝女流の時代〟と言うのは、あまり聞いたことがない。それゆえにうかうかとおだてにのってしまうと、とんでもない目に合わされそうな気がする。ご用心、ご用心。

それに、〝女流の時代〟と言う意図も根拠もはっきりしない。なにか全体に得体の知れない気持ち悪さがある。近頃は、そこに男性側の嫉妬みたいなものがまつわりついているような感じも受ける。気のせいだろうか。

短歌人口の七割は女性の作者だという。女性たちが歌壇の各賞を次々に受賞している。女性の歌集や評論集の出版も盛んである。また、「同時代の女性歌集」とか「ニューウェーブ女性歌集叢書」といったように、シリーズ本も刊行されている。昨年は『〈同時代〉としての女性短歌』（河出書房新社）という本まで刊行され、作品のみならず、座談会やインタビューというかたちで女性たちが大いに語る場もあった。

もしもこのような現象をもって〝女流の時代〟と呼ぼうとするのなら、その呼ばれ方は返上したい。シリーズ本のかたちで女性がひとまとめにされたり、総合誌ではなく、女性ばかりを集めた本のなかで女性の発言の場がもたれたりするというのは、やはりふつうの状態ではないと思うからだ。〝女流の時代〟などという言われ方をしているうちは、女性はまだ正当な扱いをされていないのだ。持ち上げているようで、どこかの一画に柵で囲おうとするような不当な意図を感じる。

『短歌』の一月号で「平成四女流」というカラー写真を見たときも、それこそ平静ではいられなかった。今を時めく女性大物歌人たちの、着物姿を競うかのような全身写真。女性であるゆえにこういう扱われ方をするのだろうと、痛ましくもあった。

かつてを振り返っても、女性の場合には歌以外のところであれこれ言われることが多かった。それは、スキャンダルであったり、スキャンダルにもならないような一人の人間としての意志をもって行なったことであったりはしたが、女性であるゆえの利用のされ方、不自由さというのが、今というこの時代にも続いている。

前に挙げた『〈同時代〉としての女性短歌』の座談会のなかで、水原紫苑は「女であることに、ある怨念みたいなものが私にはずっとある」と語っている。性差を超えたところで作歌しているかに見える水原の発言であっただけに、私には印象深かった。女であることに対するこだわりは私くらいの年代までで、もっと年下の中では性差を超えた人間の歌を手にしているように見えていたから。

しかし、考えてみれば、もう女であることへのこだわりは捨てて人間としてうたえばいいじゃないか、と聞きようによっては暢気にも聞こえることを言っているのも、多くは男性であるような気がする。

水原は、その座談会で続けてこんなことを言っている。自分の原点にある女だということを殺したうえで、一回ニュートラルにしてつくりたい。ところが、ニュートラルな言葉というのは男の言葉なのであって、そこを踏み越えて自分なりの女の言葉、女の文法というものをつくるところにまだ至っていない、と。水原のいらだちをめぐって、もっと話は深められるべきであった。女であることへのこだわりを振り切って一人の人間としてうたおうとすると、男の言葉、男の構造をとりこむことになってしまう。もっと別の言葉、別の何かがほんとうは必要なのだということ。

その意味では、昨年迢空賞を受賞した森岡貞香の歌、文体の独自性は注目に値する。

をみな古りて自在の感は夜のそらの藍青に手ののびて嗟《なげ》くかな
古代の装飾にし百乳文様もんやうの百乳ゆたにうづまく
朝光にけばだちわたりさくら咲く幽か仄けく悲哀もちなむ
（『百乳文』）

文体は生命のうねりを思わせ、三十一音からはみ出しがちである。そこには、目に見えないわけのわからぬものを全身全霊をかたむけてとらえようとする意志のようなものが感じられる。もごもごと口籠りながら、時として呪文めきもしながら、それでもうたわずにはいられないもの、こういう形で表さずにはいられないものが、歌のなかから顕ちあらわれてくる。

もう一人、山中智恵子の歌にも注目しつづけている。『星醒記』以降の歌を否定する人もいるようだが、「三輪山の背後より不可思議の月立てりはじめに月と呼びしひとはや」に出会ったときの衝撃は衝撃として、『星醒記』以降の歌にも私は心惹かれる。

呼ばれたるたましひとほくひびきゆくふとも銅鐸の古き暗さに
人はなにゆゑ蜜もとむらむ虚無に向き否といふべき力のためか
オートミールに沁む牛乳の秋の色語らふことのはかなさにゐる
（『夢之記』）

流れるような調べにのせて、何も言っていないかのような歌でも、そこにははるかなる相聞とでも呼ぶべきようなものがある。経験や知識は、作者の内部でこなれ、不思議な透明感をもってあらわれる。時空を自在にかけめぐりながら、個への語りかけを超えた、それでもなお相聞と呼びたいようなものが山中の歌にはある。

これら森岡や山中の文体から学ぶことは多いが、方法はひとりひとりが自分なりの文体を探り、つかみとっていくよりほかにあるまい。男の言葉、男の構造から脱して、女たちが自分たちの言葉でうたえるとき、はじめて女と男とが対等になれるのだと思う。そうなりえない今は、いましばらく女であることにこだわっていく必要があるのではなかろうか。

若手の女性が、阿木津英を継ぐ、と言うのを時おり耳にする。阿木津をどう継ぐのかそこが問題だが、その意志は明確に打ち出したほうがいい。阿木津英の仕事は、もっと見直されていい。阿木津が自分の歌をもって挑んだことの意義をきちんと整理してみる必要がある。そこから、私たちがすべきことも見えてくるような気がする。

女性の側からの評論はまだまだ弱い。書き手は、川野里子、坂出裕子、河田育子、彦坂美喜子等々出てきているので、これらの人のこれからに期待したい。女性の側からの作品分析、女性歌人論、女性短歌史、と手つかずの分野は多い。丹念な読みの積み重ねと、意識的な姿勢とが欠かせない仕事だが、現在の短歌史のなかで見落とされていることや男の構造のかげに追いやられた歌人の姿も浮かび上がってくるのではなかろうか。

作品と評論の両方から男たちは短歌史を作り上げてきた。それならば、女たちも作品と評論の両方から声を発していかなければならないのではないか。男の側からだけで作られた短歌史では偏りがある。

必要なのは、〝女流の時代〟なのではない。男も女も生き生きと自分たちの声を発していける場であろう。

（「短歌」一九九三・三月号）

女であることに対する吐き気

白露や過ぎにし鷹女銀河ゆきあはれうつくしきほと見するなり　　水原　紫苑

八月三十日（一九九七年）、現代歌人協会主催のシンポジウムが学士会館で行われた。「うたの行方」と題したシンポジウムの第二部のテーマは、「性差と世代差」というものであった。パネラーは、梅内美華子・大野道夫・穂村弘・水原紫苑・辰巳泰子と久我の六人。男女のバランスと年上であるということから、司会をすることになって往生した。つわもの揃いのこのメンバーを牛耳ることなどできるはずもなく、予想通りシンポジウムはとっちらかったまま終わった。

終わってみると、突っ込み不足が残念に思われるのだが、それでもかなり本音の部分も聞けたように思う。

前半で話題が集中したのが、初めに挙げた水原紫苑の歌だった。今年出されたばかりの『客人』の中の歌である。俳人の三橋鷹女の句、「白露や死んでゆく日も帯しめて」を下敷きにしてうたわれている。この歌について、テーマである「性差」に関連させて作者が述べたことは、女であることに対する吐き気、女であることの不如意な思いが自分にはある、ということであった。つまり性差に対するアンチの部分が歌をつくらせているというのだ。水原の言うに、「ほと」は醜い、あれほど醜いものはないと思っている、女の情念に対する吐き気を感じていた鷹女もそれを美しくないものと承知していただろうに、美しいものとして自分に見せてくれた、というのがこの歌の内容らしい。

それに対して、穂村は「女であることに対する吐き気」と言いながら、「あはれうつくしき」というのであれば、自家中毒の感じがすると鋭く反応した。この発言を引き金にしばらく「吐き気」をめぐっての応酬が続くことになったのだが、水原自身もその後、美しいものであるがゆえの吐き気というように、矛盾を含んだ思いだと言い換えていったように思う。確かに「吐き気」と言いながら、「うつくしき」と表現したところにはナルシシズムの匂いもする。そこを敏感に嗅ぎ取った穂村の発言だったのだと思う。

中性的という言われ方をされることの多かった水原が「女であること」にこんなにもこだわり傷ついてもいるというのには、軽い驚きがあった。そういうことは軽々とクリアして、自分の世界を作っているのかと思っていた。しかし、考えてみれば、第一歌集の『びあんか』から「宥されてわれは生みたし　硝子・貝・時計のやうに響きあふ子ら」というような歌をつくっていて、自己の中にある女性性をつよく意識していた歌人であった。だが、それにしてもそこにあったのは、「吐き気」というより、むしろあらゆるものを生み出す「母なるもの」に対するあこがれのようなものだったように思う。とても自分自身のなかの「女」を憎悪しているようには思われない。第一歌集のころと今とでは女であることに対する意識がかなり変わってきているのかもしれない。

ここ数年、水原は公の場では着物を着るようになってきた。それがまたトレードマークのようにも今やなっているのだが、着物を着ることと「女であることに対する吐き気」はどうつながっているのか、という反則的な質問も穂村から出された。着物は女であることの強調だろうに、というのだ。水原はそれに対して、「マイナスを背負ってプラスにする」「着物を着ることで復讐している」と応じていた。そして、着物は体のラインをなくし、墓石のような形になるのだとも言っていた。この人は墓石のようになって、男を寄せ付けずに生きようとしているのだろうか。それにしては、多分にコケティッシュでもある。女であることをうとましく思う一方では、愛されたいという人一倍の思いがあるのだろう。女であることに対する過剰な自意識を感じる。自分でもどうしようもないひりひりした感じはわかるが、やはり辟易させられる。そして、それはたぶん、私自身の第一歌集のころと重なる。

だが、思うのだ。「女であることに対する吐き気」と言うとき、あまりに女はこうあるべきという既成概念に縛られてはいないだろうか。水原は、女はやわらかく、美しくあるべきもの、安易な存在という宿命を負っていると述べていた。これこそ既成概念以外のなにものでもない。何者かによって思い込まされてきたものでしかない。水原はその思い込みのなかで、悶々と出口なしを苦しみ、楽しんでいるのだろう。そして、それがまた歌にある魅力を与えている。生きていくには、そこから脱して、世界を開いていった方がいいと思うが、歌人としてはどちらがいいのだろうか。精神的フリークの部分がこの人の歌の魅力になっていて、それがなくなったら水原紫苑もただの人になってしまうのだろうから。

ところで、今度の歌集『客人』の帯文には、「神は存在するか？　世紀末を叙情する女歌！」とある。この「女歌」と書かれていることについては、水原自身どう考えているのだろうか。本人に聞きそびれてしまったけれど。

「短歌往来」の九月号には、『客人』の書評が出ていて、おもしろいことに穂村弘が書いている。穂村はこの歌集のなかの「われ」の限りない転移に注目し、それによる「きみ」の変化に、関係性のダイナミズムということを読み取っている。そこには「きみ」との出逢いを求める希求の強さがあり、またそれと裏返しの絶望も読み取れるというのだ。そこで挙げられているのは、次の二首。

きらきらと冬木伸びゆく夢にして太陽はひとり泪こぼしぬ

われのみにきこえぬ鐘にふれにしがふるへゐたりき鳴りてゐにしか

二首目は、私も最初に読んだ時から変な感じを受けた。歌にしぶとさがある。内容的にはたいしたことを言っているわけではないけれど、これだけのこだわり、これだけの集中というのは、なにか異様だ。それに「われのみにきこえぬ」とは、何なのか。穂村がこの書評のなかに引いた歌は、歌集の中でもわかりやすい歌であった。だが、『客人』にはわからない歌が多い。歌が解体してしまっているようなのだ。わたしはむしろそこにある痛ましさを感じた。

（「水系」10号　一九九七・十）

オイルとジュピター

昨年出された若い女性の歌集に、江戸雪の『百合オイル』と小守有里の『素足のジュピター』がある。二人の作品にはいくつかの共通性があると思う。雨や湖など水に関することばが割合に多く、微妙な感覚をうたっていること。口語文体で、比喩表現が多用されていること。職場詠がみられること、などである。だが、同じように口語文体であるように見えて、二人の歌はかなり違っている。

＊

給湯室にポトスの青い茎は伸びオフィス移転の会議がつづく
室内にドイツ語響く雨の日のコピー機川藻のかおりを放つ
ミーティングルームの窓よりゆうだちは馬の香を曳き分け入ってくる
小守有里『素足のジュピター』

機能的なオフィスなのだろう。薄い壁で仕切られた清潔で冷たい室内の感触が伝わってくる。会議が続いているにしろ、ドイツ語が響いているにしろ、妙に静かな空間がそこにはある。人の気配も体温も、そこからは感じられない。

給湯室のポトスは、ここで唯一の生命体だ。青い茎の中に、冷たい体液を充たして、ひそかにこの空間に自分の領域を広げようとしている。

二首目、三首目の「雨」は、歌の中で不可欠の要素だ。無気質な空間にひそかにしのびこんでくる湿った匂い。この作者は、雨の匂いに敏感らしい。そして、その匂いによって感じているのは、「川藻のかおり」であり、「馬の香」である。これらは、おそらく作者が経験を通して知っている匂いなのだろう。機能的な空間の中に作者の原郷を思わせる匂いが侵入してくる。しかし、ここにも体温が感じられない。この原郷を思わせる匂いは、遠い記憶のような感じで、人をそこへ引き戻すほどの力はない。

「私」は、顔をもたない者として、オフィスにいる。オフィスで「働いている」とはあえて言わない。働いていると言うには、存在感が希薄だからだ。顔をもてない存在として職場にいる。自分とはいったい何なのか――自分とはこうだと言えないままに、コピー機の前にたたずみ、電話を受けている。現代における存在感の希薄さ、その冷えは、遠い記憶のようなものでは、温めきれないところにきている。

通天閣から探しているのは北風にふりむいたままの父親の顔
そで口の汚れに気づく一瞬を深海魚類をかすめて過ぎる
ビルの影なんぼんもわれに落とされて網くぐるように夕闇渉る

＊

小守の歌に比べると、江戸雪の歌は、「私」が濃い輪郭をもっている。

灰まとう灰皿ひかる会議室しようがないと君は言ったな
とれたてのコピー紙の熱ゆびさきにしんと残りて制服をぬぐ　江戸雪『百合オイル』

「君は言ったな」と言うのは「私」だ。コピー紙の熱が指先に残っているのを意識しつつ、「制服をぬぐ」のも明らかに「私」である。職場の中で生きている主体としての「私」が、濃い輪郭をもって感じられる。

飲みほしたビールの缶をぱこぱこといわせて歩く海までの道

みずあおいの青にじませる雨の中うれしかったとあなたが言えり

じいわりと冷えくる朝《あした》夫のシャツはおれば重し他人の生は

ここに挙げた三首。一首目は、口語文法の歌。二首目は、ほぼ口語文法の歌でありながら、結句にきて文語文法がまじる。三首目は、文語文法の歌。

旧仮名・文語へのあこがれを歌集のあとがきにも書いている江戸だが、作品を見ると、口語を基調にしながら、文語と口語の混用がかなり見られる。

今までの歌では、文語の中に口語を入れて、新しさを出すということがあったが、江戸の場合はその逆で、口語の中に意図的に文語をまぜるということをしている。これは、やがて文語文法に移行する過程のなかでの作品なのか。それとも、これを一つの方法と考えて、これからもこれでいこうとしているのだろうか。

二首目の結句は、「あなたが言った」ではいけないのか。「あなたが言えり」とすることで、定型の枠がにわかにくっきりするということはある。それがおそらく文語の力なのだろう。だが、口語には口語の良さもあると思うのだ。きっちりした定型意識ではなく、ゆるやかな定型意識の歌ののびやかさ、というような。文語でいこうとするなら、二句目を「青にじまする」とすれば、「うれしかった」をそのまま相手の言ったことばとして生かして、文語文法の歌としても成立する。文語と口語の混用は、やはりどこかで表現の甘さにもつながってくるのではなかろうか。

水錆《みさび》から秋がにおえりいつも先に泣くひとといてわたしは強い

この歌は、二句で切れる。そして、二句までが文語文法、三句からが口語文法になっている。こういう形なら、文語と口語がまじっていても、一文の中ではないから、許容されようか。

くちびるのようなボートにつかまって夏の陽射しを足首に受く
さかしまにもぐるプールの底に棲むひかりは月の蝕のさきぶれ
死にたいと言ってみる野に風すべりライターの火は息のようだよ

＊

口語で歌をつくる場合、どうしても単調になりやすい。そこをどのように切り抜けるかというのがポイントだろう。

江戸のように、文語をまぜる、あるいは、「にわたずみ」とか「厨」といった今はあまり使われなくなっている昔からの言葉を使ってみるというのも一つの工夫ではある。

また、比喩表現については、二人に共通している。

オブラートかさねたような水の面にあかるくふかく緑がうつる

江戸雪『百合オイル』

首起ててきみを待つ朝葉牡丹にアラビア文字のような雨降る

小守有里『素足のジュピター』

直喩にかぎらないが、独自の感性が問われるところだ。小守の場合には、シュールなイメージを一首の中に結ぼうとするが、イメージが分裂したまま、独りよがりで終わってしまったのが多いように思った。

(「地中海」一九九八・四月号)

続・オイルとジュピター

一九九八年二月七日、江戸雪歌集『百合オイル』の批評会が開かれ、島田修三が司会で、川野里子・吉川宏志・東直子・穂村弘の四人が基調報告をした。
まず四人とも、わかりにくさを指摘していた。作者の全貌が見えてこないというのだ。吉川はそれを感覚が剝き出しになっているせいだと述べたが、江戸の歌が意思表示の歌ではないというところからきているのだろう。そこには当然、ストーリー性がなくなり、感覚勝負・技巧勝負の色合いが濃くなる。比喩が多様されるのもたぶんそのせいだろう。

電車二本のりついで着くこの海の光の加減をまぶたではかる
河豚の目玉食めば即死　四日月のねんまくのような傘さし帰る

一首目は、薄いまぶたを通して光の量をはかっているという歌。江戸には、このように、まぶたや肌や唇といった皮膜系・粘膜系の歌が多い、と指摘したのは、吉川と穂村である。男性二人がそこに注目し、女性は特にその点に触れなかったのは、より女性の身についた感覚だからかもしれない。川野は「ことばだけではない体感」という言い方をしたが、それと地続きではあるのだろう。自分の体を通して実感したものを表現するということで、なんとかリアリティを出そうとしているのだ。その意味で、江戸の歌は、体を持った歌と言えるだろう。

川野は、相手がいるのかいないのかは問題ではなく、いつも自分の射程で人をとらえている、とも述べていた。粘膜感覚ということから、吉川が他人と自己との境界があいまいで、互いに侵食し合っていると述べたのとはだいぶ異なる。私も吉川の述べたような感じは受けなかった。そうではなくて、薄い膜を通して、他者も含めて外界を見ているという感じだ。雨の歌が多いのも、同じように、自分と外界とを隔てる薄い膜を思わせる。つまり、江戸にとって、外界は常に薄膜によって隔てられ、自分の領域を侵してくるものではない。侵そうとするものがあれば、やんわりと拒絶する。

私ならふらない　首をつながれて尻尾を煙のように振る犬
すこし私をほうっておいてください　ぶあつい水に掌をしずませる
だてめがね光に透けて仕方なく言うよあなたを好きじゃないこと

あなたなんか嫌いだ、とは言わない。あなたを好きじゃないと「仕方なく」言うのだ。主張がないわけではない。しかし、あからさまにはそれを表に出さない。読んだ後の心地よさというのは、たぶんこういうところからもきている。ただ薄膜を通して外界を見ている、傷つきながらもたしかに前は向いている、戦いはしない――そこから生まれた歌は、繊細さと大らかさがないまぜになっていて、全体として明るい。そこが江戸の歌の心地よさなのだろう。勤めもし、結婚もしたようだが、歌を見るかぎり、彼女のモラトリアムは続いているような気がする。こんなに気持ち良くていいのかと不安になったと川野は述べたが、その不安は私も感じている。

みずあおいの青にじませる雨の中うれしかったとあなたが言えり

これもまた雨を背景にしているが、江戸の歌では珍しく「うれしかった」という言葉とともに、「あなた」の存在がくっきりとしている。

*

正確に言葉を使う人といて軋みはじめるわれの下顎
くちびるを塗り直しても果てしなく他人を侵食して行く言葉

葉牡丹の渦に巻かれる朝のひかり喉元にあることばは香る

小守有里の歌には、時折「言葉」が出てくる。他者との関係を成り立たせる言葉にかなり自覚的だ。他者とのコミュニケーションの困難さ、不本意にも他者を侵食してしまう怖さ、そこに立ち止まっている。三首目の「ことば」は、前の二首とは全く異なる。この「ことば」は、朝のひかりに動かされた心から素直に発せられようとしている「ことば」である。コミュニケーションの道具としての「言葉」ではないから、香るのだし、ひらがな書きにもなっている。

手で話す人に会うたびわたくしはみずうみになる　そよそよと葦

手話で交わされている言葉。「わたくし」は、しんと心を潜めて、その声にならないそよそよと風にそよぐ葦のような「言葉」を聞いている。日常の中で音声として交わされる「言葉」に対するよりもずっと親和した感じがそこにはある。

小守の場合の他者は、薄い膜を通してではなく、存在している。コミュニケーションの困難さということはあるが、だからといって諦めてしまっているわけではない。それはそれとして受け止めながら、他者との関係をつくろうとしている。

淡水魚さわさわ動く　やさしさを押し返す君の目のなかの魚
きりきりと風に根を張るわたくしはそよぐ時きみの名前を零す
蠍座が尾をあらう海　そんな強い声で呼ばれたことはなかった
ジーンズのすそ光らせ笑いあう糺の森の闇窪むあたり

自分とは何かをはっきり言えない状況ではあっても、時に自分でもはっとするような「言葉」が発せられたり、相手の「言葉」にどきんとさせられたりする。初めから他者との関係が成立しているのではなく、思いがけないような見え方で、ある時、関係性が鮮明化する。そういう瞬間、瞬間をつなぎ合わせていくなかで、人は確かなもの（幻想にすぎないとしても）を手に入れていくのかもしれない。小守の歌は、口語文体を生かしながらそのあたりを気負わずに表現できているのではないか。

（「地中海」一九九八・五月号）

「新しさ」に踊らされた果て

短歌の新しさとは何か？

このテーマでパネルディスカッションの依頼を受けたときには、参った。今さら何を、という気がしないでもなかった。

私の答えは、「表層的な新しさには、興味が持てない」というものだった。しばらく前まで続いていた、奇をてらったような表現や、時代現象を我先にとらえようとした表現。ライトヴァースだのヴァーチャルリアリティだの、賑やかだったが、あれは誰かに踊らされていたにすぎなかったのではないか。そうした「新しさの追求」のようなことは、何だったのだろう。

音楽で言うならば、ニューミュージックに繋がるような、時代の気分をふんだんに盛り込んだ、都会的でおしゃれな若者向けの新しさだった。生活の地盤をまだ持たない若者の歌は、生活臭が希薄で、純粋志向という傾向がある。それはまた技巧や言葉の遊びをおもしろがるという傾向にも直結する。人生の積み重ねがない者は、生活をうたっても底は知れたもので、厚みや深さなど出てこようがない。別の見方をして、しがらみがないと見れば、表現のうえでの遊びがいくらでもできる、ということになる。

そこで、現代短歌はどんどん軽くなったし、心を抜きに、技巧や言葉遊びに比重がかかっていったように思われる。

しかし、『サラダ記念日』あたりから続いてきたこうした狂騒ぶりも、このところかなり収まってきている。踊らされていたかつての若者も、それ相応に歳をとったということか。

そうして、改めて状況を見直してみると、若者は使い捨てられ、結局、得をしたのは、すでに名を成している年輩歌人だったのではないか、ということだ。いろいろ若者たちにやらせてみて、使えそうなところを自分の歌に取り入れて、マンネリ化から脱し、伝統のなかに時代の新しい空気を注入した。

若者層は、うまく煽てられ、抵抗すべきものは与えられず、ちょっと前の歌人たちなら踏まえていた伝統に培われた短歌の基本も知らないまま、次第に短歌とは離れたところへと迷い込んでいっているのではないだろうか。インターネット上の短歌を覗きみると、その思いは強まる。メール友達の気楽さで、短歌らしきものが垂れ流されている。そこでは、自分とも作品とも生真面目に向き合う必要はないのだ。他人の作ったものに対してもお気楽な感想を述べればそれでおしまい。通過、通過、立ち止まる必要などない。立ち止まることは、滞ることにすぎない。滞っては、ネット上の話は先へは進まない。

ワープロが普及して、短歌や文章が、手で書くことからキーを打つことに変わっていった段階で、言葉の出方がずいぶんと違ってきたと思っていた。言葉を発するテンポの違い。ワープロでの方が、普段よりずっと饒舌になる。鉛筆と消しゴムを手に、書きなずむなんてことはなくなった。言葉を発する深度もまったく違ってきた。そして、インターネットになって、いっそうこの傾向が強まってきている、そう思える。その上に、短歌を作るのに独りになることさえできなくなってきているのではあるまいか。

中世には隠者文学というのがあったが、今こそ隠者になるべきだ。この過剰な情報化社会にあっては、己を守るためには孤になる必要がある。否応もなく流れてくるさまざまな情報を絶って、自分と向き合い、自分の中にある水脈を掘らなくてはならない。ほんとうに新しいものを求めるのであれば、時代の先端へ目を向けてそれを追いかけるよりも、隠者になることだろう。時代の先端を追い求めたところで、時代の追随にしかならない。その鮮度はたちまちのうちに落ちる。やはり、長く鮮度を保てるような歌が、時代を超えて新しいということになるだろう。

戦後の短歌をざっと眺め渡したとき、葛原妙子や塚本邦雄、あるいは寺山修司といった人たちがやったことを超えるものは出てきてはいないのではないだろうか。彼らは、定型を強く意識することで、自分なりのこれでなければならない表現を手にした。

晩夏光おとろへし夕　酢は立てり一本の壜の中にて

葛原妙子のこの歌。定型とのぎりぎりのせめぎ合いがある。字足らずで終わっているが、字足らずであることがこの歌にとっては必然なのだ。安定しきらないところで、決然と酢の壜を立たせている。その緊迫感が、壜のなかの酢の存在を際立たせている。そして、それは作者が実際に見た光景かもしれないが、それ以上に実在ということを象徴的に表し得ている。この結晶化はすごい。他の言葉では置き換え不能なところに達している。

あの夏の数かぎりなきそしてまたたつた一つの表情をせよ

葛原・塚本らとは少し違った意味で、やはり小野茂樹の存在を見落とすわけにはいかない。時代の新しいリズムをいかに短歌のなかに表現するか、そのことに彼ほど真剣に取り組んだ歌人はいないのではないだろうか。短歌という器は、確かに古い伝統を負っている。しかし、そこに時代のリズムを盛ることで、常に新しく甦らせることができる。その実践を小野茂樹はやってみせた。そのしなやかな口語の発想は、深い内面を潜った大人の歌を作り出した。そして、三十年、四十年たっても未だ古びない彼の歌のすごさを改めて認識する。

（「水系」23号　二〇〇一・六）

水のうた（I）　桃原邑子

息づまるほどの抱擁われに欲し川の水防潮壁のぬくみを盗めり
あげ潮の迫りて川のをぐらきにもつれあひたる影をしづむる
胸に掛くる十字架沈めて霧湧ける奪はれゆくべしわれのくまぐま
重ねたる胸の窪みにしき鳴れる凩よりもまだ乾けるが
汝が血ひく子を連れたればわれよりも常に優位の女のうなじ

桃原邑子は、何よりもまず「水の歌」の作者として、私の前に存在した。昭和五十年代のはじめ、地中海に入ったばかりの私は、月々の「地中海」が待ち遠しかった。それというのも、何人かの注目していた歌人の歌を読みたかったからにほかならない。中でも、桃原邑子の「水の歌」は、刺激的だった。割合おとなしい作品がならぶ「地中海」にあっては異端と思われるほど、性愛を真正面からうたっていたから。

今、歌集になった『水の歌』を見ると、一九七九(昭和54)年の刊行で、一九六九年から十年間の歌を収めている。歌集全体を通して、妻子ある年下の男(どうやら外科医らしい)との恋物語といった趣をもつ。「水の歌」と題しながら、なぜこのような歌をこの時期に桃原邑子は作りつづけたのだろうか。

「水の歌」の「水」について、歌集のあとがきに作者自身は次のように書いている。

水はいのち。水はおみな。水は私。思えば私は水にとりかこまれて生きてきた。それは、生まれ育ってきた沖縄の海であり、また今住んでいる熊本田浦の海でもある。あるいは凪ぎ、あるいは激ち、怒り悲しみ、よろこぶ私の海。

つまりは、自らの命を、女であることを、確認する作業だったのではないだろうか。歌の虚構性を、より大胆になるための装置としてはたらかせ、内面に渦巻くものに形をあたえてみせた。それはまた、自己劇化ということでもある。自らを物語の女として操りながら、それまで内深く蔵われていたものを表に出してゆく——。そこに陶酔はない。むしろ、あるのは冷静な自己客体化と言っていいだろう。

それはともかく、中城ふみ子の影響は否めないような気がする。前掲歌の三首目、五首目は、たとえば中城の「音たかく夜空に花火うち開きわれは隈なく奪はれてゐる」「衆視のなかはばかりもなく嗚咽して君の妻が不幸を見せびらかせり」などを思い起こさせる。もちろん、中城そのままではないが、そこにある心情は通底しているのではないか。中城のたどった道を作歌のうえでたどりつつ、桃原邑子は自身の女性性に決着をつけていったのではなかったか。

容赦なき雪を被ぎてわが歩むむさぼり生きこしいのちならねど
有刺鉄線張られてゐたりさかしまに堕ちゆくときの中途にひかり
ふるさとの土を車輪につけしまま飛べるゼット機ベトナムへ向けて

そしてすでに、桃原邑子の沖縄の歌は、「水の歌」に混じって始まっていた。

（「地中海」二〇〇二・六月号）

水のうた（Ⅱ）　高野公彦

水に縁のある歌集ばかりをもつ歌人に、高野公彦がいる。『水木』『雨月』『天泣』『水苑』と並べてみると、そのこだわりぶりがよくわかる。男性にしては珍しいこの水への思いは、いったいどこから発しているのだろうか。

第一歌集『汽水の光』のあとがきには、次のような言葉がある。

「汽水」とは、海水と淡水の混じり合つた水のことで、河口の水などがそれである。私の生まれた町——愛媛県喜多郡長浜町——は、四国山脈から流れくだつてきた河が瀬戸内海にそそぐ、その河口にある小さな町で、私は海と河と汽水の明るい光の中で育つた。（中略）海と河が接し、混り合ひ、激しくせめぎ合ひ、それでゐて深い静寂を湛へた異質の水域——さうした汽水の様態に愛着をかんじて、書名にとつた。

これは、「汽水」という言葉の説明にとどまらない。波穏やかな瀬戸内海の湛えるひかりやそこに立ち込めている湿気、むおんとする潮のかおりなどとともに、高野公彦の母郷と水との関連をつよく思わせる。そして、「私は海と河と汽水の明るい光の中で育つた」とありながら、歌集全体のトーンが明るいとは言い難いのも気になる。死に色濃く覆われているのだ。それも、姉の死、小野茂樹の死、杉山隆の死など、夭折者が多い。

歌集の中から水をうたったものを何首か挙げてみよう。

ねずみ籠海に沈めて夕雲の寄りあふ西の赤さ見てをり
みどりごのひそと眸《め》ひらくあかときを鳥たつや暗き水の裡より
水底の砂ほのぐらくしづまるを冥府のごとく見て浮び出づ
みづがめに母がたたふるくらき水の底に瞳が見ゆ我を呼ぶみゆ
水底は秋。白々と蟹のからそよぐかたへに蟹居らずけり

繰り返し、水の裡、水底が、くらい所としてうたわれている。「冥府」という言葉もあるが、そこはどうやら死の世界であるらしい。しかし、それだけではなく、再生の場所でもあるのか。眠りから覚めるときには、そこから鳥が飛び立ち、秋の水底では蟹の脱皮が見られもする。

汽水が、海水と淡水の混じり合った水であるのと同じように、生と死が水のなかには混沌と寄り

合っていて、高野公彦はそれを覗き込まずにはいられないのだろう。陸の世界よりも水の世界の方に、はるかに心を引きつけられている人のように見える。いやもっと、死の側に半身を入れて生きているのでは、とさえ思われてくる。

師である宮柊二と比較して、「若かりし日の師匠がむき出しにして見せた『鋭心』の、あのひたぶるな表白にはとぼしいのじゃないか」と、大岡信が述べていることも、この水の世界への親和によって説明がつくのかもしれない。

それとは別に、小野茂樹の三十三回忌の年に読む『汽水の光』は、嘆きの切実さを痛いほど感じさせた。

（「地中海」二〇〇二・七月号）

水のうた（Ⅲ）　村木道彦

水風呂にみずみちたればとっぷりとくれてうたえるただ麦畑
黄のはなのさきていたるを　せいねんのゆからあがりしあとの夕闇

二十二歳の学生だった村木道彦の作品だ。ひらがなの使い方の巧みさに目を見張る。「黄の花の咲きていたるを　青年の湯から上がりし後の夕闇」では、全く趣が異なってしまう。一首の初めと終わりに置かれた漢字が、みずみずしいイメージを立ち上がらせ、その間を緩やかなリズムのひらがなの言葉が繋いでいる。静かな、混じり物のない世界だ。そして、そこにある「みず」と「ゆうぐれ」。

村木の作品には、「みず」と「ゆうぐれ」がセットになって繰り返し出てくる。「ゆうぐれのみず」とはなんなのだろうか。

ゆうぐれ、辺りが黄昏につつまれても、水面は不思議に明るい。もちろん昼の明るさではなく、ずっと沈んだ明るさではあるが、昼よりもはるかに水そのものの存在が際立つ。生命誕生の原初にあったもののように、なまめいてもくる。そうであれば、ここに立つ青年は、今ちょうど水の中から生まれてきたのかもしれない。初めから青年として、若々しい肉体をほのかに火照らせているのだ。ヴィーナスの誕生ならぬナルキッソスの誕生。無垢なる青年の美しさ。たったひとりで、完結している。ナルキッソスは、他者を必要としない。

辺りの麦畑は、少し前まで黄金にかがやいて風に揺れていただろう。光のなかに咲いていた黄の花は、キンポウゲか何かか。地上の光となっていた花の存在は、今の夕闇の濃さをいっそう印象づける。青年が歩みだすのは、その闇の中である。初々しいエロスが、そこには漂う。

青春は、こうしたナルシシズムが許されるごく短い期間なのではないだろうか。

せいしゅんはあわれせつなくおもわるれ　わずか　おとこの液なりしかど
せいしゅんはあらしのごときなみだとも　いわんかたなく夏きたりけり

青春も、この人にとっては「せいしゅん」であった。自らの性に、苦しくせつなく向き合うときでもある。そのときに、水辺に赤い椅子を見たりするのだ。

かぎりなく憂愁にわがしずむとき水辺にあかき椅子はおかれる

ゆうやみはふさふさと朱のはかなぐささあれひとりの世界をゆけば
めをほそめみるものなべてあやうきか　あやうし緋色の一脚の椅子

青年は、危ういバランスのなかにいる。吐き出し口のない思いと性を身の内にかかえながら、他者を求めている。あるいは、求めても得られないゆえ、身の内に思いと性を純粋培養してゆく。水辺の赤い椅子は、柔らかな女性の肉体をもち、青年の視線に気づいたときには、燃え尽きてしまうのではないか。しかし、椅子は、あくまでも椅子だ。こちらに熱い心や肉体をぶつけてきたりはしない。その意味では、青年はまだ夢のなかにいる。『天唇』は、そういう青年の歌集ではなかったか。

（「地中海」二〇〇二・八月号）

ざんざんばらん

君を打ち子を打ち灼けるごとき掌よざんざんばらんと髪とき眠る　河野裕子『桜森』

短歌を作りはじめて、しばらくは河野裕子の追っかけだった。総合誌に作品が載っていると、真っ先に読んで、ふかく味わった。今、手許に、角川の「短歌」から河野裕子に関わるものを切りとって、自分でまとめた冊子がある。一九七七年一月号から一九八〇年一二月号まで。

ここに挙げた歌は、一九七七年一月号「短歌」の「海を抱く」一連一五首中の一首である。当時、気に入った歌には○をつけているのだが、この歌に○はない。最初の四首に○がついているだけというのは、気に入らなかったわけではなくて、どの歌もいいので○をつけるのを止めてしまったのかもしれない。それはそれとして、○のついている歌にこんな歌がある。

われはわれを産みしならずやかの太初《はぢめ》吾《あ》を生《な》せし海身裡に揺らぐ

すっかりこの歌のことを忘れていたが、阿木津英の歌「産むならば世界を産めよものの芽の湧き立つ森のさみどりのなか」は、この歌への挑発的返歌だったのだろう。阿木津は、この歌を含む「紫木蓮まで」三〇首によって、一九七九年に第二二回短歌研究新人賞を受賞している。

一九七七年頃の河野裕子の活躍たるや、まったく目覚ましい。一月号の「海を抱く」一五首、四月号「斉唱」一五首、五月号「駱駝にあらず」一五首、六月号「花」五一首（歌集『桜森』の中心をなす歌群）、一〇月号「炎天」三一首。毎月のように河野の作品が並んでいた。編集者の河野裕子への肩入れは明らかだ。

一九七八年一月号では、大シンポジウム「歌論を走る」で、司会の村永大和はじめ男ばかり七名の中にたったひとり、着物姿の河野裕子が入っている。この年は、一一月号に「沼」五首。

一九七九年には、一月号「近江」五首。五月号では、「喘ぎ坂」二一首に続いて、渾身の評論「いのちを見つめる―母性を中心として―」が載っている。さらに、この五月号は、「今日の女流について」という特集があり、村永大和が「若き女流の性と歌―河野裕子を中心に」を書いている。歌と論、さらには村永のお墨付きを得て、河野裕子の確固たる地盤が固められていったかのようだ。

間を置かず、六月号では「沼」五一首。七月号は「一九七〇年代　現代俊英百人集」で、河野裕子は「ざんざんばらん」と題した二四首を載せている。初めに挙げた「君を打ち子を打ち灼けるごとき掌よざんざんばらんと髪とき眠る」も入った自選二四首である。そして、一二月号「壮年」五首。

一九八〇年三月号「檣」二一首。五月号の葛原妙子小特集では、「連続と非連続」という論を載せている。そして、一二月号に阿木津英による河野裕子歌集『桜森』の書評が載る。『桜森』——蒼土舎から一九八〇年八月の刊行である。

こうして列記してみると、河野裕子の第三歌集『桜森』は、編集者や評論家、同時代を併走する男性歌人たちの強い支援を受けながら産み出されてきた歌集だったように思われる。歌を産みたい一人の女を、多くの男たちが寄ってたかって、さあさあ息んでお産みと励ましている感じ。今、見直してみると、なにかとても変な感じがする。

さて、阿木津英の『桜森』の書評である。タイトルは、「晶子たり得や」。「一巻を覆う生命力の強さと、時に驚くほど美しい歌を生む豊かな才能の持主は、そうめったにはいまい。」としながら、「女の最終的願望は奪いつくされることである、女は受身のものである、という通念が臭うのだ。」と不満を漏らしていた。そして、「われはわれを産みしならずやかの太初吾《はぢめあ》を生《な》せし海身裡に揺らぐ」については、「発想の奇抜さはショッキングである。原初の生命と直通しているという、億年単位の時間的把握。海が身裡に揺らいでいるという空間的把握。柄の大きさがこの歌の魅力であろう。」と述べている。産むということを詠いながらこの歌は思念的だ。自らの身体を意識しながら、それを大きな時間軸・空間軸の上に置いている。そこが阿木津の評価につながるのだろう。

かつて「いのちを見つめる」において、「出産、というありふれた体験が私に教えたのは、この肉体からすべてを始めて、すべてをこの肉体に回収し、確認する、ということであったが、ひとことで括っていうならば、肉体を通して歌う、という姿勢であり、方法である。」と語った河野裕子。出産という体験は、確かに肉体の意識の仕方や、詠う姿勢や方法を変えていったのだろうが、河野裕子にとってそれは何にも代え難い幸福なことだったのだろうか。

「ざんざんばらん」の歌にもどると、夫や子に身体ごとぶつかって、なりふり構わず太々とした眠りを得ている歌なのか。君を打つことの哀しみ、子を打つことの哀しみ、それが「灼けるごとき掌」なのではないか。眠る前に解かれた髪は、美しく梳かれることを望んでいたのではなかったか。「ざんざんばらん」の中にも哀しみが籠もっている。

こんな歌もあった。「陽のひかりしんしんきらり　髪先の織き痛みは汝が胸に梳く」。こちらの方が、本来の河野裕子のように思われる。『桜森』には、若くして亡くなったたった一人の親友への、また、老いの「婆娑羅襤褸」の果てに死んでいった祖母への、多くの挽歌が収められているのも忘れがたい。

（「水系」48号　二〇〇九・十二）

〃べき〃などない、好きにやろう

二十一世紀の現代短歌はどうあるべきか。この設問の前に、ちょっとボーゼンとしてしまった。雑感を述べれば、〃べき〃などということはない、それぞれが好きにやったらいいと思う。短歌を作るのは個々人なのだし、個々の歌を作っていけばいいだけのことだ。

「〇年代」と呼ばれているらしいこの十年間の半分くらいは心身ともに全く余裕がなく、歌壇どころではなかった。少し余裕が出てきたところで見ると、歌壇の様相はがらりと変わっていた。同年代や少し年下の人たちが〃先生〃然とし、ネット世代の若い人たちが認知され、前衛短歌に強い影響を受け歌壇に強い発言力を持つようになっていた人たちが短歌の王道への路線変更を表明しているように見えた。すっかり「今浦島」の私は、びっくりしてしまった。

「歌壇」という世界があり、そこで生きるためには立ち回りにも神経を使わなくてはならない。この世界で発言力を持つ人に繋がっていないと認めてはもらえない。こうしたことはずっと以前から感じていたことだが、その点に関してはあまり変わっていないように見える。初めからお呼びでない結社がある、と見えてしまうのは僻目にすぎないのだろうか。

自分自身のことについて言えば、作歌のはじめに感受性や言葉に対する感覚を鈍らせたくないということがあった。長い歴史をもつ短歌のリズムが、自分の体の中にも息づいていると感じられたこと。そのリズムに乗せて、いつか呼気のように自然に表現できたらと願ったこと。迷ったときには、その原点へ戻ればいいのだと思う。

「歌壇」は狭い。歌壇の動きにそっぽを向くわけではないが、囚われすぎることもないだろう。作品として素晴らしいと思える歌があり、歌人として敬することのできる人がいる。それだけで充分だ。もたれ合わずに、ひとりの歌人として自分の作品を作ってゆきたい。

（角川「短歌」二〇一一・五月号）

II

立原道造の世界——小野茂樹の歌

(1)朝霧に日のかたち見ゆあたたかき眼をおもひつつ家出づるとき
(2)立ちゆきて窓を開きぬ風を入れてぼくらに橋を架する勢ひに
(3)五線紙にのりさうだなと聞いてゐる遠い電話に弾むきみの声
(4)きみの上に新しき灯をつけやらむそれからの筋それからのこと
(5)感動を暗算し終へて風が吹くぼくを出てきみにきみを出てぼくに
(6)肩小さく待ちたるそばへ身を折りて坐れば急き来し風を伴ふ
(7)路に濃き木立の影にむせびつつきみを追へば結婚飛翔《ナプシャル・フライト》にか似む
(8)一灯は林の中にともりつつかたちあるもの傷まずあれよ
(9)あの夏の数かぎりなきそしてまたたつた一つの表情をせよ
(10)われに来てまさぐりし指かなしみを遣らへるごときその指を恋ふ

『半雲離散』から相聞歌を中心に一〇首を挙げた。小野さんが「きみ」と呼びかけるときの、このみずみずしさはどうだろう。それまでの短歌にはない爽やかな風が吹くのを感じる。この軽やかなやさしさは、立原道造の世界に通じるものがある。気どらないセンスの良さといったらいいだろうか。

(3)の歌などは、口語が短歌の中で生き生きとはたらいている。定型できっちりうたっていながら、窮屈なところが少しもない。言葉が、情感が、自然に流れている。

小野さんといえばすぐに引き合いに出される(9)の歌。これは、やはりすばらしい。三句目の「そしてまた」が絶妙なのだ。短歌にはふさわしからぬ散文的な接続詞でありながら、ほどよい間合いをとって一気に下の句になだれこんでいく。言葉が消えてもその後に旋律だけは残っているような歌だ。静かで、見ようによっては淡すぎるかもしれないが、読む者の心になにかを残していく。小野さん自身も歌集の終わりで表現におけるリズムに触れて、「増幅器とはならずに整流器としてはたらいている」ことが多いと書いている。抑制された澄んだ言葉は、この整流器を通って流れ出たものなのだろう。

そしてまた（私もそう言おう）、そこに流れている人間への信頼。自分自身がいかに傷ついても、人を信じ愛する人なのだろう。(9)の歌にある命令形にしても、単純に自分の思いを押しつけているのではなく、愛する人の前でおののきながら、精いっぱい踏んばっているのではないか。

（「地中海」一九八九・五月号）

精神の結晶化——雨宮雅子の歌

(1)灯にさらす胡桃の五つ掌に鳴りてあるいは鳥の五つの頭蓋　（『鶴の夜明けぬ』）

(2)雲雀のぼりまぼろしの階《きだ》ひたのぼりひかりの震へ伝へきたるも

(3)ひたすらのこころはうちに衰ふも陽のただなかを水流れゆく

(4)立ちながらみひらきながらきさらぎのひかりの網に漁《すなど》られゆく　（『悲神』）

(5)さくらばな見てきたる眼をうすずみの死より甦《かへ》りしごとくみひらく

(6)水くらき谿の底《そこひ》へくだりつつ見えざる昼の星を意識す

(7)百合の蕊かすかにふるふこのあしたわれを悲しみたまふ神あり

(8)自《し》が丈の高さに見るを懼れきて午後の草生にひくくあそぶも

(9)冬ばれのあした陶器の触れ合へば神経の花ひらきけり　（『雅歌』）

(10)捕虫網かざしはつなつ幼きがわが歳月のなかを走れり

「ひばり」「のぼり」「ひたのぼり」「ひかり」と「り」の巧みなリフレインによって、言葉は上昇しつづけ、下の句へきて「ふるへ」「つたへ」と逆に下降していく。(2)の歌にみられるような調べの美しさは、計算されたところから生まれたものだろうか。雨宮さんは歌の調べに敏感な人だ。リフレインや対句を巧みに用い、歌に柔軟性とほどよい緊張を与えている。

この調べの美しさとあいまって、雨宮さんの歌の特徴はその精神性にあろう。キリスト教の信者でありながら神を悲しませる自らを徹底して描こうとする。ここに引いた一〇首を見てもなんと「見る」歌の多いことか。見えすぎる怖さも知りながら、しかも雨宮さんが見ているのは、単に目に見える外界ばかりではない。むしろ自らの内面と言ったほうがいい。あらためて作品を見直してみると、父や母や夫をうたうときにも純粋に歌の対象としてのみうたっていることは少ないようだ。いつでも自らの心の鏡に映ったものが作品化されている。自己の内面を深く掘り下げ、そこにあるものを結晶に近い形でとりだそうとしているかのようだ。

短歌から遠ざかっていたという一〇年間。その間に雨宮さんが実際に経験したいくつかの別れが、現在の雨宮さんを内から支えているように思われる。新しく上梓された歌集『秘法』には「家裁前よぎりゆきつつとほき夏のわが靴の跡踏みゐるならむ」「若くして錯誤の婚を重ねたる虚空にさやげ合歓の青葉枝」というような非常に具体的な歌もみられる。

雨宮短歌の底流には、静かな深い悲しみがある。

（「地中海」一九八九・十一月号）

坂出裕子著『道化の孤独』を読む

坂出さんと私との大きな違いの一つに、戦争を直接知っているか、いないか、がある。昭和十一年、小野茂樹と同年生まれの坂出さんが、敗戦の年を迎えたのは、九歳。東京生まれだが、京都に転居していた。私が生まれたのは、それから十年後のことである。私の場合には、戦後経済の高度成長期と重なるようにして育ち、田舎であったせいか、戦争につながるようなものを目にするようなことはほとんどなかった。昭和二年生まれの父は、戦争中は旧制中学の生徒で、動員で戦闘機の部品を作ったりしていたらしいが、農家の跡取りということにされて、ぎりぎり徴兵はされなかった。戦死者も身内にはいなかった。こういう私と、子供であったとはいえ、実際に戦争をくぐりぬけた坂出さんとでは、戦争に関するかぎり大きな差異があるのは当然である。

山崎方代についての評論集『道化の孤独』を読んでも、まず最初に感じたのはその差異であった。方代は、大正三年、山梨県の右左口村で生まれた。今は桃畑になっているが、当時は石ころばかりの畑に桑を植えて、養蚕をするしかない貧しい村であった。方代が生まれた時、父はすでに六十五歳、母は四十五歳で、方代が十九歳になったころには、両親共に眼を病み、そのために方代は兵役免除になったくらいだから、眼の見えない両親の世話を方代ひとりがしていたのだろう。二十三歳の時に母が死に、姉の嫁ぎ先に方代は父と共に引き取られる。二十七歳で出征。チモール島で負傷し、視力をほとんど失う。多くの砲弾片を身に負いながら帰ってみれば、父はすでに死んでいた。そこから方代の戦後が始まるのである。そして、方代が残した四冊の歌集はすべて戦後のものである。方代を語るのに、戦争を抜きには語れない。

戦後、視力のほとんどを失った傷痍軍人の方代にまともな働き口はなかった。（傷痍軍人——一度だけ上野で、白い着物を着て地面にすわり、物乞いをする人を見かけたことがあったが。）方代はそれでも、甥のもとで歯科技工士として働いたり、靴の修理をしたりしたらしい。昭和四十年に姉が亡くなってからは、その家を出て、いわゆるホームレスの状態であったらしい。

第一歌集『方代』は、昭和三十年に刊行されたが、そこにあったのは、居所のない戦後という時代の底辺を歯軋りしながら生きる男の姿であった。私には、心にも身体にも多くの傷を負った青黒い修羅が見えてくるようでもある。

やがて方代は、道化となって生きる道を選んでいくが、坂出さんは、そのもとにあったものを見逃さない。方代にあっての戦争に共感しつつ、人間方代に近づこうとしている。表層に現れたものではなく、その底にあるものに心を寄せていく。そこから、厚みのある方代像が引き出されている。

思えば、坂出さんは、一緒に旅をしていても、心地よい風景にばかり目を向ける私と違って、人に、人の暮らしに立ち止まる人であった。ベニスの小さな島に行った時も、扉の陰で細かいレースを一針一針編んでいく老婆の指の動きに、腰をかがめてしばらく見入っていた。短歌を読む時にも、作品の背後を見る人だ。完成度を言う前に、そういう作品を作った人に、そういう作品を作らせた必然に、目を向けていく人なのである。『道化の孤独』でも、方代作品はそのように読まれている。単純な方代賛歌の本ではない。傷痍軍人であることを表立てるわけでなく、働くことも結婚することもままならないまま、歌にすべてを注ぎ込んで戦後を生きた一人の男を、いとおしんで描ききった本である。

中に、「方代の享受」という章がある。方代が強く影響を受けた、高橋新吉・尾形亀之助・吉野秀雄、それに鈴木信太郎訳の『ヴィヨン詩鈔』が挙げられ、その影響の跡が丹念にたどられている。驚いた。歌によっては、発想や言い回しをそのままいただいてしまっているのもあって、ここまでばらしてしまっていいのかとさえ思った。しかし、考えてみれば、方代自身が自分の歌の中で、影響されたものを挙げているのだし、隠そうともしてはいなかったのだった。

たとえば、いかにも方代の歌らしい「ふかぶかと雪をかむれば石すらもあたたかき声をあげんとぞする」というこの歌が、高橋新吉の「石」と題された「置かれた黄昏の中に於いても　石は悲哀を感じてはゐない　降り積む雪の下に　石はあたたかい声を　喉の奥で叫んでゐる」という詩の影響下にあると明かされると、知らなかったのはこちらの不勉強ゆえの不明なのだが、それでも衝撃は小さくはない。作歌の秘密を明かされたような、妙にドギマギした気持ちになる。そして、そういうのがいくつとなくあるのだ。

おそらくは、繰り返し繰り返し、水を飲むように読むことによって、高橋新吉も尾形亀之助もヴィヨンも、方代の血肉となってしまったのだろう。方代が歌にした時には、もうすでに方代の言葉となっているのだ。その影響のされ方を人から言われても、方代はうれしそうに「そうなんだよ」と笑うにちがいない。

方代論を書きはじめて十年。『道化の孤独』は、ようやく一冊になった本である。ここに至るまでには、いろいろな苦労があったにちがいないが、読む者にはそういう苦労を感じさせない。難しい表現にたよらず、ぐいぐい引きつけて、最後まで読ませてしまう力を持っている。それは、坂出さんの筆力というものだろう。この本を読むことによって、読者は方代と新たに出会うとともに、坂出裕子という人とも出会うはずだ。

（「地中海」一九九八・十二月号）

人間の中にあるヒト――田土成彦歌集『樹下黄昏』を読む

『樹下黄昏』は、田土成彦の文庫本サイズの歌集である。サイズは小さいが、生命誌的な視野をもち、人間のなかにあるヒトをあぶり出しつつ、現代に切り込んだ独特の歌集であった。こういう歌集は、今までになかったのではないか。しかも歌い口は、田土ならではの飄々としたユーモアにあふれている。

痛む腰庇ひて立てばかつてかく直立猿人《アウストラロピテクス》が立ちし戸惑ひ
立ち歩く異形の猿となりしより食ひつぶす地球のすでに半ばを

一首目では、痛む腰を庇いながら立ち上がる自分に、初めて二本の足で歩くことを始めた日の人間の姿を重ねている。前のめりの不格好な立ち方をした直立猿人。やがて人間は立ち歩くことにも馴れ、文明を発展させてきた。今や人間は、神さえ畏れぬ存在になり、あらゆるものの頂点に立ったかのように見える。しかし、本当にそうなのだろうか、「立ち歩く異形の猿」にすぎないのではないか、というのがおそらく田土の考えだ。直立猿人から現代人へ、一般に「進化」したと言われるが、その「進化」がもたらしたものは何だったのか。『樹下黄昏』の作者は、それを問い直す。人間の傲慢さは、いったいどこに行き着くのか、人間の勝手な都合ばかりで、地球を食いつぶすつもりなのか、と。

ゆであげし蛸のいぼいぼの足を食ふかかる足持たばかなしからむに
こんなものまで食ひちらし生くるかとスープの鼈の足を呑み込む

今まさに食らわんとしている蛸の足に同情しているあたり、「こんなものまで」の中身が鼈の足であるあたり、いかにも作者らしい。人間は、実に何でも食べる。生きるためには食わねばならないのは道理だが、いわゆる発展国の人間は、生きるのに必要とする以上に食い、食い余している。それが生態系にどんな影響を与えているかには無頓着なまま。

凄まじき共食ひといへつまるところ誰かが生きて残る算段
セクロピアの葉を二、三枚食ふのみに足るナマケモノの生活を思ふ
進化論のなかに出てくる適者とはわがことなりや生き残りゐて

食物連鎖や進化論を念頭に置きつつ、現代を捉えようとしている。そのことに作者が理科の教師であることを言う必要はないだろう。生き残るためには共食いさえ辞さないのが自然界の掟だ。しかし、その中にもわずかな食のみで生きるナマケモノのような存在があることに作者は目をとめる。自分は、人間は、どうなのか。進化論に出てくる「適者」だから生き残っているのか。

這ふために ある前肢を もろ肩より ぶさ下げて 時に重しわが腕
一所大事の 懸命にして 取りすがる 電車の吊り輪に 腕痺れ来る
体毛の ぬけ落ちた皮膚 あらはなる ホモサピエンス へんてこなけもの

「進化」と言い、「適者」と言いながら、なんとも人間は無様である。「異形の猿」として現代を生きている自分を田土は日常のなかで実感している。自己戯画化は、人間批評だ。傲慢な力を得た人間も、つまりは「異形の猿」にすぎないこと、そこにもっと自覚的であれば、もう少し世の中なんとかなるのかもしれない。

しかし、田土はそんなに楽観的でもない。どこかほのぼのとした感じを与える表現の奥には、人間の未来に対する拭いきれない絶望感が潜んでいるようだ。

高濃度農薬野菜腐らない果実かびない醬油などなど
小豆洗ひ・砂かけ婆を追ひやりて騒音廃ガス跋扈する街
われら滅びしあとの地球の静かさにかく鞦韆の鎖垂れゐむ

はたして人間の行き着く先は、滅亡しかないのか。そんなにも人間は愚かな存在なのか。確かに、現実に起こっていることを見ると、人間が滅ぶのはそう先のことではないように思えてくる。

まかげして遠き地平を望むためヒトは直立の姿勢に立ちき

この歌に出会って、少しだけ希望がもてた。直立することによって遠くまでの展望を得ることができた人間なら、この現在から未来を展望することもきっとできるのではないか。そう思いたくなる。

だが、やはり作者は、そんなに楽観的ではなかった。

流れゆく雲を見てゐるやうな目で放卵のあと魚は死を待つ
年輪のふちより滲む水滴が夕日をうけて血のいろになる

放卵のあとの魚の死は、自然の摂理である。しかし、それでも作者は、死を待ちながら水の中で見開かれている目を見つめずにはいられない。切り倒された木の切り株の縁から滲んだ水滴が血のいろになるというのも、夕日に染まってとは言え、木の命の悲鳴を思わせる。そして、歌集の終わりに近づくにつれて、死につながる歌が多くなっている。

いく万の嫩葉が風となるときに死者らうつし世の光にあそぶ
灯を点し流してしまふ精霊といふはいかなる生者の都合
人を焼く煙と言へどほのぼのとのぼるを見れば春たくるなる
生きてみる花ならざれば生温きこの夜あるいは死者の領域

科学万能であるかに見られる現代にあって、理科を専門とする作者が、嫩葉のなかに、あるいは桜花のなかに死者を見ているのはどういうことなのだろう。科学が切り捨ててきたものに、むしろ身を馴染ませているようだ。生きている人間の都合でばかりものを考えてここまできた現代への大きな反省がそこにはあるような気がする。この二〇世紀が押しやって来てしまったものが見直されようとする。

しかし、死者の世界に接近するのはそんなに急がなくていい。現実の中にもさりげなく不可思議は満ち満ちている。何でもないことが、立ち止まって見ることで、別の色合いに見えてくる。

きしみつつ鉄扉開きゆく間隙のその薄闇に人は入りゆく
遅れ着きしランナーはしばし夕暮れの輝く雲を見て去りゆきぬ
パラボラは巨大な闇を背おひつつ宇宙の意志を聴くごとくゐる
伎芸天の裳裾にほのか丹のあらば一期の想ひ告げやらましを
越えゆかむ峠にはつか聞きとむる天の在所のかなかなの声

「地中海」にこの人あり。田土成彦の存在は、独特で大きい。

（「地中海」一九九九・六月号）

自らの意志による新たなる誕生——松浦禎子歌集『誕生』

ついに松浦さんの歌集が出た。松浦さんは、東京の看護学院在学中から短歌をつくりはじめ、創刊まもない頃からの「地中海」の同人である。「地中海」草創期の若手グループに囲まれての出発は、私から見ると大変うらやましい。

卒業後、都立清瀬小児病院に六年間勤務し、その後、故郷秋田に帰り結婚した。歌集『誕生』は、その秋田での、二人の子を育てる生活から始まる。第一部「春秋」である。

われに遠きたぎつおもいか今いちど沖にひかりてゆくものを見つ
いのちありてはげしき時のときの間を身にひたよする遠き潮騒
咳こみて去りにし人も闇の中再びはなし愛することは
冬の陽のうすれる木の間寄りきたる子の二人ゆえ、われはありたり二人の子を育てながらの結婚生活が、不幸だったわけではないだろう。しかし、これらの歌には深い断念が感じられる。雪に閉ざされた長い冬。暗く湿った田舎での暮らし。婚家をいくほども出ない限られた生活空間。文学を語る友など求めようもない日々。一度都会へ出て、看護婦として病院勤めをした松浦さんにとっては、その生活の違いは堪らないものだったろう。ここではない何処かが、常に遠い潮騒のように身の内に鳴って、別の場所へ誘いかけていたにちがいない。

「春秋」の中で詠われているのは、暗い土間であり、張り替えた障子であり、小豆の煮える音、底ごもる木枯らしの音である。その中に、子供の歌がいくつも交じる。しかし、身近にいるはずの夫は詠われない。姑や舅、隣人たちの姿も見えない。正確に言えば、夫が詠われている歌は二首ある。しかし、「父親」としてである。これら、詠われているもの、詠われていないものによって、おのずと秋田での松浦さんの暮らしが見えてくる。

雪じめりの土間をよぎりてゆく猫のゆくえ見据えてひとり居りたり
土を掘り土浴びている鶏のさましばしみていてひとりわらいぬ
昼暗き土間のいずくにひそめるやこおろぎの声に埋もれてひとり

繰り返し「ひとり」であることが詠われている。ひとりでじっと見ている猫も鶏もこおろぎも、狭い生活空間に身を潜めて生きている自分の姿と重なるものだった。中でも二首目のひとりの笑いは、ほんとうに寂しい。どうしようもない孤独感を抱えてしゃがみ込んでいる作者である。この時期の松浦さんにとっては、子の成長を見守ることと短歌をつくることが支えだったのではなかろうか。誰にも言えない思いを込められた歌は、強い力を放つ。これを書くに当たって書き抜いた歌の三分の二はこの第一部からであった。確かに苦しい歌ではあるが、松浦さんが詠わずにはいられなかったものだ。歌が、歌として光を発するときも、そういうときなのかもしれない。

鏡面にうすれゆく雲の夕あかりわれもろともに呑むことあらずや
子を残すのみに終えんか夜の机にまなこ凝らせば埃うごけり
精神の孤立静かに語りたる夜の障子の蒼く立ちたり
わがジャックも登りゆきたし蔓さきのまばゆきばかり天にむかいて

婚家を出る決定的な何かがあったのかどうかはわからない。しかし、長いあいだ耐え続けてきたものは、いつかは噴出する時がくる。出奔をとどめていたのは、何よりも二人の子供であったが、その子供についても、「子を残すのみに終えんか」と詠われる。自分の人生が子供のためだけであっていいはずがない。そして、婚家にあって感じる「精神の孤立」。耐え忍び、本当の自分を偽る生活からはいつか脱出しなければならなかった。それが、あとがきによれば、「平成二年十一月永年心の中に積もり積もったものに抗しきれず身一つにて家をとび出し」というかたちになる。

二十八年ぶりに職に復帰し、東京での一人暮らしがはじまる。第二部「出奔以後」からの作風はがらりと変わった。

この夏の豪華といわん敷きつめし籐をすべりゆく風のいろ

犬の子もひとの子も土にまろびいるスダジイの枝張りしその下

心を抑えつけるものがなくなったせいか、家の外で働き経済的自立をしたせいか、実に軽やかで明るくなった。一部では詠われなかった夫も、娘の結婚にあたって次のように詠われている。

娘を中にして歩みゆく中華街夫の白髪ややふえたるか

花束を抱きてわれとわが夫家路を異に帰りゆくべく

家を出たこと、距離をおけたことで、夫を客観的に見られるようになったようだ。家路を異に帰りゆく夫婦ではあるが、「われとわが夫」と詠われているところに、お互いに大きな困難を越えたあとに生まれた信頼関係もうかがえる。

第三部「桃太郎の誕生」は、孫の誕生である。

日向臭き猫かえり来て毛づくろう太郎は俯せころがり眠る
大声をあげ泣きいしがぴたと止み雨後の若葉のようにかがやく

幼い「太郎」の生命力が生き生きと詠われている。無条件の愛情を「太郎」に注ぎながら、少しもべたついたところがない。孫の歌というよりも、元気いっぱいの命の歌だ。

第二部以降の歌を見ると、軽やかで明るくなっただけでなく、世界の広がりが感じられる。また、「太郎」のみならず、他者に対する認識が生き生きとしてきている。そして、何よりも松浦さんが新生面を開いたのは、跋文で東籬男氏も触れているように、「粋」の一連であろう。

両眼の内に垂れこむ鬱の気を払えと坐しぬ紀ノ国屋寄席
忘れかけいたるに瞠る粋姿志ん朝のかっぽれうしろを向くとき

秋田にいてはつくり得なかった作品だろう。これらの歌自体が小意気に弾んでいて「粋」そのもの、楽しげなのだ。主体である「私」を立てながら、「私」に固執するでなく、対象との距離を縮めている。明るく、しなやかな強さの感じられる歌だ。これからの松浦作品はこの方向ですすんでいくのだろうか。『誕生』は、まさに新しい松浦禎子の誕生であった。自らの意志で、新しく松浦禎子を誕生させたのである。

（「地中海」二〇〇〇・二月号）

わたしの『桃花紅』——坂出裕子歌集『桃花紅』を読む

このように言ったら坂出さんは迷惑がるだろうけれど、この歌集は、半分くらい私の歌集のような気がしている。と言うのも、坂出さんと共有した時間につくられた歌がたくさんあるからだ。左右口・小谷・津軽・鎌倉・イタリア等々。読んでいると、その時のことが映像として浮かんでくる。これは、たぶん私にしかできないこの歌集の楽しみ方かもしれない。

それにしても、坂出さんの歌はずいぶんと軽やかになった。りきんだところが少しもなく、定型のリズムにしっくり馴染みながら、たっぷりとした奥行きのある世界に迎え入れてくれる。何をうたっても、坂出さんの身体をとおった温もりと確かさがあるのだ。そこに読者への媚はひとつもない。ただ気持ちよく、その時間を味わい尽くしている作者がいる。対象に向かって、こころ奪われている作者がいる。読者はすっとその傍らに寄り添っていくだけだ。寄り添って、そのたっぷりとした時間のご相伴にあずかる。

やすらかに壺と在りたるゆふぐれのこころの壺にみづはみちくる

かひな置く台ここちよく朝鮮の白磁の壺にながく対かへり

坂出さんが感じている充実感が、そのままこちらにも伝わってくる。壺と坂出さんとの、実に幸福な時間だ。夾雑物は何ひとつ入ってこない。壺を見、壺を作ったひとを思い、壺とともにある人の暮らし、人の歴史に思いをめぐらすこともあるのかもしれないが、難しいことはいらないのだ。ほうっとただひたすらに眺め入っている。それは、壺のことをよく知っているからこそ可能なことなのだが。

飛び越えて今日は来たりぬかなしみのごとくにいつもある　潦
川に沿ひひと日あゆめば身の芯を流れそめたりみづのせせらぎ

坂出さんの身のうちにある水たまりのようなかなしみは、流れ出したり、満ちて溢れるときに、生気あるものに変わるのだ。無くなるわけではなく、生き生きと喜びに変じてゆく。この「かなしみ」は、どこから来るのか。子供のころに体験した戦争、亡くした父母、女であること……そのどれでもあり、どれでもないのだろう。言うならば、命あるもののかなしみ。存在の根っこにあるもの。慌ただしい日常のなかでは、真正面から対峙することを忘れられているもの。何かの拍子にふうっと意識のなかに浮かび上がってくるもの。それを宥めるために、人は白磁の壺を眺めたり、川に沿って歩いてみたりするのかもしれない。

まぼろしの世に在るごとし父母の亡きふるさとに椎の実ひろふ
東京はただにさびしく芋洗坂は下より盛り上がり来る

京都にながく住む坂出さんではあるが、ふるさとはやはり東京なのか。その東京は、戦争とつながっている。ふるさとと東京、そして戦争と坂出さんが向き合えたことは、とても大切なことだったのだろうと思う。坂出さんの心のなかで、きっとほぐれていったものがあるのではないか。この歌集全体の軽やかさから推察するに、東京を戦争を歌にしたことで楽になれた部分があったように思われる。(山崎方代を書きつつ戦争を書いたことによっても。)

ひつそりと神が山間に忘れたるサンジミニャーノの石の坂道
城壁の外に果樹園ひろがれる塔ある街に友と住む夢

イタリアのトスカーナ地方にある塔の街サンジミニャーノは、丘の上の古くて小さな街だった。城壁から身を乗り出して見ると、いちめん緑の果樹園が広がり、ひと夏くらいこの忘れられたような街に住んでみたいとも思われたのだった。夢とはなんなのだろう。現実にはかなわぬことであったにしても、思い描いた時点で、夢は実現されているのではないか、とふと思う。この街に友と住みたいと思った一瞬に、夢は成し遂げられたと思えるのだ。その一瞬は、凝縮された一瞬なのだ。今そんなふうに私は思っているけれど、坂出さんもこの感じわかってくれるかしら。

朝出でしままの部屋内さみしさはたつたひとりを生くといふこと
静かなる日が続けばと言ひゐしにこんな静かなかなしみの海

早すぎる永井陽子の死は、はじめ伏せられつつ素早くインターネットに飛び交った。さびしい死であった。歌壇とは距離をおいて、みずからの歌の世界を生きていた永井さんに対して心を寄せていた坂出さんだから、永井さんの死にこれだけの挽歌が溢れるように生まれたのだろう。帰ってきても、朝出たときと寸分の違いもない部屋の内の寂しさ。それは、「ひとり」がほんとうに寂しかったのだろうと思わせる。坂出さんはその寂しさを自らのものとして感じている。「こんな静かなかなしみの海」は、哀悼の思いをふかく吐ききった一首だ。
そして、巻末の一首。自らを思い定めた一首と読めた。

照らされて飛びたつときにみづからの灯りを消して闇に鎮める

（「水系」25号　二〇〇一・十二）

思索・美意識・新しいリズム――松永智子歌集『崖のうた』を読む

火のにほひ恋ふる霜月森ふかく風のこぼししことば起ちくる

風がこぼしたというのだから、木の葉のように地面に落ちたことばが、生き物のように起ち上がってくる、火の匂いをもって。「私」が求める熱く激しいものに応えることばが、霜月の森深くにある。

北にむく旅に風あり曼珠沙華霜月不毛の感傷を擲つ

霜月、北へ向かう旅は、風もある。この旅は、作者にとって自らを鞭打つためのもの、不毛の感傷を擲つためのものなのだ。不毛の感傷の中身は明らかでないが、「不毛の感傷」と言うことで、きっぱりと自分から切り捨ててしまいたいものなのだろう。三句に置かれた「曼珠沙華」は、霜月なら花のあと冬ざれた野に濃い緑の葉を繁らせていることだろう。それと同時に鮮やかな花の火の色を残像のように想起させる。作者が心の内に隠し、堪えているものの象徴として。

しろもじの木のもとに立ちふりあふぐ空のふかさにけふたぢろがず

「ふりあふぐ」のも「たぢろがず」いるのも作者だ。感情を抑え、美意識に貫かれた景の描写に徹する歌のなかに時折、作者の姿があらわれる。その作者は、胸に矜持をもって、背筋をのばしている。身に負ったものをすべて引き受けて、どんなに辛くとも生きていく覚悟をもっている。

萩もみぢひとむら日に照り死者のよぶ明るさならむゆきどまりなり

颪の日の恩寵とせむ萩もみぢはなやげば死者のこゑこぼれたり

萩の黄葉は見上げるようなものではない。自分の目の高さ、あるいは、それより低い位置にある。自然、作者はやや上から見下ろすような感じで、その明るい黄葉の群がりに引き寄せられていく。そして、そこに死者の声をきいているのだ。作者にとって、死者の世界は明るく親しいものであるようだ。

目のかぎり日に照りなびくすすき原ここよりぞしる秋天の冷え

途中に軽い休止を入れながら、下の句のリズムは「ここよりぞしる秋天の冷え」と格調高い。いちめんに明るく輝くすすきの原が広がり、その上には、冴えた秋空の色と冷え。実際の風景であったかもしれないが、それはそのまま作者の心象風景だろう。

『崖のうた』の巻頭の一連「火」二十二首から六首を引いてみた。ここにすでに松永さんの歌の特徴があらわれているように思う。

そして、もう一つ、「うたわない」ということも付け加えたい。

羊の血鮮烈にしてにんげんのいのりとはまたさびしきおこなひ（5・7・5・7・8）

ひとのことばくろがねなればまたあたらし帰燕のかげ見ぬこの秋の空（6・7・6・8・7）

これらの歌に見られるように、定型をわずかずつはみ出しているのだ。私にはそれが、詠うのではなく、語ろうとするかのように見える。あるいは、あえて詠うことを避けて、字余りにすることによって、浮き上がろうとする言葉に錘をつけているのかもしれない。

Ⅱにおける「塔」一連は、香川進の死を悼む作品であった。死者を悼む作品には、抽象化以前の真情の流露がみられる。

てのひらにみのむしひとつをつつみゐて錆朱の空くれはつる待つ
絶対のむかうはしらずはれわたり空ひびくなり冬木立のうへ
みられゐる背中にあれば花の木の下を過ぎ来し冷えもちてゐよ

死者ではあるかもしれないが、ここには他者の存在が意識されている。つまり、人に、肉体をもった存在としての人に心を寄せていく作者がいる。他にも、父や姉をうたった作品も見られた。今までになく、人が現れるというのが、今度の歌集のまた一つの特徴であるように思われる。

山桜の花の散りこむ山の田にひとは来りて苗植ゑはじむ
炎天に鉄骨を組む人のかげ鉄のふれあふ音空を截る
しんかんと白きまひるま疵もたぬわらべらのこゑまたあしたをいふ

生身の人間としての作者が感じられて、なにかほっとした。それと同時に、息づいている歌の温もりと広がりを感じることができた。今までややとっつきにくく思われた松永作品であったが。

離陸する機は殺戮に無縁なるかたちなり星の闇へ飛びたつ

戦の日われ尾翼灯造りたり艦上攻撃機その名は「彗星」

「うすぐも」一連は、雑誌に発表された時に心に留まった。ちょうど二〇〇一年の九・一一に前後して掲載されたので、まるでそれを予知したかのようにも見られて。松永さんと戦争とは、広島との関わりから思うことがあったが、それだけではなく、戦闘機の部品を造って、兵隊を送り出した自分に対する慙愧の念というのもあったのだということを今度の歌集で知ることができた。

見殺しとふ一語すでにし負荷もたず風に菜の花黄のいろに澄む

しづかなりき機銃掃射にさらされし馬の死屍の辺つらなり歩みし

風ありて花をはりたり崩壊のきりぎしに誰か小さく火を焚く

最後の歌は、巻末の歌。不穏な時代にあっても、希望の火を信じたいという気持ちにさせられる。

（「水系」33号　二〇〇四・三）

ぐんぐん歩く此処も「橋の上」——檜垣美保子歌集『コロナの雫』

停車場に花の寺への道問えば霧のなかなる橋を越えよと
追いこされ追い越してゆく橋の上会うべきひとに会わずわたりぬ

『コロナの雫』の巻頭歌と巻末歌である。この歌集は橋の歌に始まって橋の歌に終わる。単なる偶然ではないだろう。檜垣さんの編集意図があってのことだろう。では、橋とは何か。橋とは、こちらとあちらを繋ぐもの。つまりは、比岸と彼岸を繋ぐ通路であり、境界である。その意味では、比岸でも彼岸でもない、不思議な空間だ。巻頭歌は、夫との旅の歌の中に置かれているが、越えよと言われた橋は霧の中にあり、やがて訪れる夫の死を予感させるかのようだ。それに対して、巻末歌は、自分のいる場所が「橋の上」で、そこでは追い越したり追い越されたりして、それでいて会うべき人には会えないのだ。人生そのものが彼岸への通路と意識されている。思いがけなく早くあちらへ行ってしまう人もいて、先に行ってしまった人には、いかに会いたくても会うことはできない。

砂子屋書房 刊行書籍一覧（歌集・歌書）

2024年８月現在

＊御入用の書籍がございましたら、直接弊社あてにお申し込みください。
代金後払い、送料当社負担にて発送いたします。

	著 者 名	書 名	定 価
1	阿木津 英	『阿木津 英 歌集』現代短歌文庫5	1,650
2	阿木津 英 歌集	『黄 鳥』	3,300
3	阿木津 英 著	『アララギの釋迢空』＊日本歌人クラブ評論賞	3,300
4	秋山佐和子	『秋山佐和子歌集』現代短歌文庫49	1,650
5	秋山佐和子歌集	『西方の樹』	3,300
6	雨宮雅子	『雨宮雅子歌集』現代短歌文庫12	1,760
7	池田はるみ	『池田はるみ歌集』現代短歌文庫115	1,980
8	池本一郎	『池本一郎歌集』現代短歌文庫83	1,980
9	池本一郎歌集	『萱鳴り』	3,300
10	石井辰彦	『石井辰彦歌集』現代短歌文庫151	2,530
11	石田比呂志	『続 石田比呂志歌集』現代短歌文庫71	2,200
12	石田比呂志歌集	『邯鄲線』	3,300
13	一ノ関忠人歌集	『さねさし曇天』	3,300
14	一ノ関忠人歌集	『木ノ葉揺落』	3,300
15	伊藤一彦	『伊藤一彦歌集』現代短歌文庫6	1,650
16	伊藤一彦	『続 伊藤一彦歌集』現代短歌文庫36	2,200
17	伊藤一彦	『続々 伊藤一彦歌集』現代短歌文庫162	2,200
18	今井恵子	『今井恵子歌集』現代短歌文庫67	1,980
19	今井恵子 著	『ふくらむ言葉』	2,750
20	魚村晋太郎歌集	『銀 耳』（新装版）	2,530
21	江戸 雪 歌集	『空 白』	2,750
22	大下一真歌集	『月 食』＊若山牧水賞	3,300
23	大辻隆弘	『大辻隆弘歌集』現代短歌文庫48	1,650
24	大辻隆弘歌集	『橡（つるばみ）と石垣』	3,300
25	大辻隆弘歌集	『景徳鎮』＊斎藤茂吉短歌文学賞	3,080
26	岡井 隆	『岡井 隆 歌集』現代短歌文庫18	1,602
27	岡井 隆 歌集	『馴鹿時代今か来向かふ』（普及版）＊読売文学賞	3,300
28	岡井 隆 歌集	『阿婆世（あばな）』	3,300
29	岡井 隆 著	『新輯 けさのことば Ⅰ・Ⅱ・Ⅲ・Ⅳ・Ⅵ・Ⅶ』	各3,850
30	岡井 隆 著	『新輯 けさのことば Ⅴ』	2,200
31	岡井 隆 著	『今から読む斎藤茂吉』	2,970
32	沖 ななも	『沖ななも歌集』現代短歌文庫34	1,650
33	尾崎左永子	『尾崎左永子歌集』現代短歌文庫60	1,760
34	尾崎左永子	『続 尾崎左永子歌集』現代短歌文庫61	2,200
35	尾崎左永子歌集	『椿くれなゐ』	3,300
36	尾崎まゆみ	『尾崎まゆみ歌集』現代短歌文庫132	2,200
37	柏原千惠子歌集	『彼 方』	3,300
38	梶原さい子歌集	『リアス／椿』＊葛原妙子賞	2,530
39	梶原さい子歌集	『ナラティブ』	3,300
40	梶原さい子	『梶原さい子歌集』現代短歌文庫138	1,980

	著者名	書名	定価
41	春日いづみ	『春日いづみ歌集』現代短歌文庫118	1,650
42	春日真木子	『春日真木子歌集』現代短歌文庫23	1,650
43	春日真木子	『続 春日真木子歌集』現代短歌文庫134	2,200
44	春日井　建	『春日井　建 歌集』現代短歌文庫55	1,760
45	加藤治郎	『加藤治郎歌集』現代短歌文庫52	1,760
46	雁部貞夫	『雁部貞夫歌集』現代短歌文庫108	2,200
47	川野里子歌集	『歓　待』＊読売文学賞	3,300
48	河野裕子	『河野裕子歌集』現代短歌文庫10	1,870
49	河野裕子	『続 河野裕子歌集』現代短歌文庫70	1,870
50	河野裕子	『続々 河野裕子歌集』現代短歌文庫113	1,650
51	来嶋靖生	『来嶋靖生歌集』現代短歌文庫41	1,980
52	紀野　恵 歌集	『遣唐使のものがたり』	3,300
53	木村雅子	『木村雅子歌集』現代短歌文庫111	1,980
54	久我田鶴子	『久我田鶴子歌集』現代短歌文庫64	1,650
55	久我田鶴子 著	『短歌の〈今〉を読む』	3,080
56	久我田鶴子歌集	『菜種梅雨』＊日本歌人クラブ賞	3,300
57	久々湊盈子	『久々湊盈子歌集』現代短歌文庫26	1,650
58	久々湊盈子	『続 久々湊盈子歌集』現代短歌文庫87	1,870
59	久々湊盈子歌集	『世界黄昏』	3,300
60	黒木三千代歌集	『草の譜』	3,300
61	小池　光 歌集	『サーベルと燕』＊現代短歌大賞・詩歌文学館賞	3,300
62	小池　光	『小池　光 歌集』現代短歌文庫7	1,650
63	小池　光	『続 小池　光 歌集』現代短歌文庫35	2,200
64	小池　光	『続々 小池　光 歌集』現代短歌文庫65	2,200
65	小池　光	『新選 小池　光 歌集』現代短歌文庫131	2,200
66	河野美砂子歌集	『ゼクエンツ』＊葛原妙子賞	2,750
67	小島熱子	『小島熱子歌集』現代短歌文庫160	2,200
68	小島ゆかり歌集	『さくら』	3,080
69	五所美子歌集	『風　師』	3,300
70	小高　賢	『小高　賢 歌集』現代短歌文庫20	1,602
71	小高　賢 歌集	『秋の茱萸坂』＊寺山修司短歌賞	3,300
72	小中英之	『小中英之歌集』現代短歌文庫56	2,750
73	小中英之	『小中英之全歌集』	11,000
74	小林幸子歌集	『場所の記憶』＊葛原妙子賞	3,300
75	今野寿美歌集	『さくらのゆゑ』	3,300
76	さいとうなおこ	『さいとうなおこ歌集』現代短歌文庫171	1,980
77	三枝昻之	『三枝昻之歌集』現代短歌文庫4	1,650
78	三枝昻之歌集	『遅速あり』＊迢空賞	3,300
79	三枝昻之ほか著	『昭和短歌の再検討』	4,180
80	三枝浩樹	『三枝浩樹歌集』現代短歌文庫1	1,870
81	三枝浩樹	『続 三枝浩樹歌集』現代短歌文庫86	1,980
82	佐伯裕子	『佐伯裕子歌集』現代短歌文庫29	1,650
83	佐伯裕子歌集	『感傷生活』	3,300
84	坂井修一	『坂井修一歌集』現代短歌文庫59	1,650
85	坂井修一	『続 坂井修一歌集』現代短歌文庫130	2,200

	著者名	書名	定価
86	酒井佑子歌集	『空よ』	3,300
87	佐佐木幸綱	『佐佐木幸綱歌集』現代短歌文庫100	1,760
88	佐佐木幸綱歌集	『ほろほろとろとろ』	3,300
89	佐竹彌生	『佐竹弥生歌集』現代短歌文庫21	1,602
90	志垣澄幸	『志垣澄幸歌集』現代短歌文庫72	2,200
91	篠　弘	『篠　弘 全歌集』＊毎日芸術賞	7,700
92	篠　弘 歌集	『司会者』	3,300
93	島田修三	『島田修三歌集』現代短歌文庫30	1,650
94	島田修三歌集	『帰去来の声』	3,300
95	島田修三歌集	『秋隣小曲集』＊小野市詩歌文学賞	3,300
96	島田幸典歌集	『駅　程』＊寺山修司短歌賞・日本歌人クラブ賞	3,300
97	高野公彦	『高野公彦歌集』現代短歌文庫3	1,650
98	髙橋みずほ	『髙橋みずほ歌集』現代短歌文庫143	1,760
99	田中　槐 歌集	『サンボリ酢ム』	2,750
100	谷岡亜紀	『谷岡亜紀歌集』現代短歌文庫149	1,870
101	谷岡亜紀	『続 谷岡亜紀歌集』現代短歌文庫166	2,200
102	玉井清弘	『玉井清弘歌集』現代短歌文庫19	1,602
103	築地正子	『築地正子全歌集』	7,700
104	時田則雄	『続 時田則雄歌集』現代短歌文庫68	2,200
105	百々登美子	『百々登美子歌集』現代短歌文庫17	1,602
106	外塚　喬	『外塚　喬 歌集』現代短歌文庫39	1,650
107	富田睦子歌集	『声は霧雨』	3,300
108	内藤　明 歌集	『三年有半』	3,300
109	内藤　明 歌集	『薄明の窓』＊迢空賞	3,300
110	内藤　明	『内藤　明 歌集』現代短歌文庫140	1,980
111	内藤　明	『続 内藤　明 歌集』現代短歌文庫141	1,870
112	中川佐和子	『中川佐和子歌集』現代短歌文庫80	1,980
113	中川佐和子	『続 中川佐和子歌集』現代短歌文庫148	2,200
114	永田和宏	『永田和宏歌集』現代短歌文庫9	1,760
115	永田和宏	『続 永田和宏歌集』現代短歌文庫58	2,200
116	永田和宏ほか著	『斎藤茂吉—その迷宮に遊ぶ』	4,180
117	永田和宏歌集	『日　和』＊山本健吉賞	3,300
118	永田和宏 著	『私の前衛短歌』	3,080
119	永田　紅 歌集	『いま二センチ』＊若山牧水賞	3,300
120	永田　淳 歌集	『竜骨（キール）もて』	3,300
121	なみの亜子歌集	『そこらじゅう空』	3,080
122	成瀬　有	『成瀬　有 全歌集』	7,700
123	花山多佳子	『花山多佳子歌集』現代短歌文庫28	1,650
124	花山多佳子	『続 花山多佳子歌集』現代短歌文庫62	1,650
125	花山多佳子	『続々 花山多佳子歌集』現代短歌文庫133	1,980
126	花山多佳子歌集	『胡瓜草』＊小野市詩歌文学賞	3,300
127	花山多佳子歌集	『三本のやまぼふし』	3,300
128	花山多佳子 著	『森岡貞香の秀歌』	2,200
129	馬場あき子歌集	『太鼓の空間』	3,300
130	馬場あき子歌集	『渾沌の鬱』	3,300

	著者名	書名	定価
131	浜名理香歌集	『くさかむり』	2,750
132	林　和清	『林　和清 歌集』現代短歌文庫147	1,760
133	日高堯子	『日高堯子歌集』現代短歌文庫33	1,650
134	日高堯子歌集	『水衣集』＊小野市詩歌文学賞	3,300
135	福島泰樹歌集	『空襲ノ歌』	3,300
136	藤原龍一郎	『藤原龍一郎歌集』現代短歌文庫27	1,650
137	藤原龍一郎	『続 藤原龍一郎歌集』現代短歌文庫104	1,870
138	本田一弘	『本田一弘歌集』現代短歌文庫154	1,980
139	前　登志夫歌集	『流　轉』＊現代短歌大賞	3,300
140	前川佐重郎	『前川佐重郎歌集』現代短歌文庫129	1,980
141	前川佐美雄	『前川佐美雄全集』全三巻	各13,200
142	前田康子歌集	『黄あやめの頃』	3,300
143	前田康子	『前田康子歌集』現代短歌文庫139	1,760
144	蒔田さくら子歌集	『標のゆりの樹』＊現代短歌大賞	3,080
145	松平修文	『松平修文歌集』現代短歌文庫95	1,760
146	松平盟子	『松平盟子歌集』現代短歌文庫47	2,200
147	松平盟子歌集	『天の砂』	3,300
148	松村由利子歌集	『光のアラベスク』＊若山牧水賞	3,080
149	真中朋久	『真中朋久歌集』現代短歌文庫159	2,200
150	水原紫苑歌集	『光儀（すがた）』	3,300
151	道浦母都子	『道浦母都子歌集』現代短歌文庫24	1,650
152	道浦母都子	『続 道浦母都子歌集』現代短歌文庫145	1,870
153	三井　修	『三井　修 歌集』現代短歌文庫42	1,870
154	三井　修	『続 三井　修 歌集』現代短歌文庫116	1,650
155	森岡貞香	『森岡貞香歌集』現代短歌文庫124	2,200
156	森岡貞香	『続 森岡貞香歌集』現代短歌文庫127	2,200
157	森岡貞香	『森岡貞香全歌集』	13,200
158	柳　宣宏歌集	『施無畏（せむい）』＊芸術選奨文部科学大臣賞	3,300
159	柳　宣宏歌集	『丈　六』	3,300
160	山田富士郎	『山田富士郎歌集』現代短歌文庫57	1,760
161	山田富士郎歌集	『商品とゆめ』	3,300
162	山中智恵子	『山中智恵子全歌集』上下巻	各13,200
163	山中智恵子 著	『椿の岸から』	3,300
164	田村雅之編	『山中智恵子論集成』	6,050
165	吉川宏志歌集	『青　蟬』（新装版）	2,200
166	吉川宏志歌集	『燕　麦』＊前川佐美雄賞	3,300
167	吉川宏志	『吉川宏志歌集』現代短歌文庫135	2,200
168	米川千嘉子	『米川千嘉子歌集』現代短歌文庫91	1,650
169	米川千嘉子	『続 米川千嘉子歌集』現代短歌文庫92	1,980

＊価格は税込表示です。

砂子屋書房
〒101-0047 東京都千代田区内神田3-4-7
電話 03（3256）4708 FAX 03（3256）4707 振替 00130-2-97631
http://www.sunagoya.com

哀切な諦観のようなものが、そこにはある。

第一歌集『ジルコンの塔』から十五年、檜垣さんの第二歌集は、実に考えられた構成をもって届けられた。歌集全体は四部構成で、Ⅰ「北方磁場」、Ⅱ「東方陸路」、Ⅲ「南方潮流」、Ⅳ「西方空間」と題され、さらにその中の小タイトルは皆、漢字一文字。情感の侵入を許さない。

この十五年の間には、檜垣さんにとっては何よりもまず、突然の夫の死があった。遺された三人の子供をかかえ、生活も大きく変わった。嘆くよりも目の前の現実にいかに対処していくかが問題だったことだろう。夫の会社を処理し、その後、コンビニの経営をしたりもしたようだ。身近な者の死も相次いだ。祖母、母、父、夫の祖母と。この世はあの世へかかる橋、すべては橋の上の出来事とも意識されたのではなかったか。橋の歌は、大事なところどころに置かれている。

走りゆくわれにそのわけ問うなかれ陸橋の上の一羽の鴉
雪の夜をつやめくことば「出奔」底うすき靴に陸橋わたる
川に沿いのぼればレンガの煙突が見えくるところ名もなき橋あり
思い出はのぞめばいつも甘美なる橋のむこうの空の夕映え

しかし、『コロナの雫』に収められた歌は、涙からはほど遠い。夫の死を詠ったものでさえ、こうなふうだ。

子とわれの部屋の扉は自在なる死者のこころのために開けおく
八月の浅きねむりに死者はすこししゃがれたる声残しゆきたり
水色の君の愛用のサンドバッグつるすロープを断ち切る九月

亡くなった夫を「死者」と呼ぶ。断ち切られたロープは、檜垣さんの、目に見える断念のかたちそのままだ。嘆いて泣き濡れるよりも、その死を受容し、死者を身近に呼び寄せる。母の死についても、父の死についても、夫の死と同じように、よく生きた者の最期として静かに受けとめている。

呼ぶ声を吸いこむように息ひとつ深く吸いこみ母は逝きたり
生くるべき時間を生きて母はねむる夏の楓に蟬が鳴きいず
医師の手が酸素マスクをはずしいて仰臥の父のたたかい終わる

第一歌集のときから檜垣さんの歌の魅力として、大柄で飾り気の無いところがあった。今度の歌集では、そこに更に、どこからでも来なさいとでも言うようなどーんとしたところが加わり、生活に根を下ろした強さが感じられた。

十人の昼の祝宴三キロの肉をオーブンにほおりこみたり
空箱の底を切り裂きたたみ潰し十六個目を靴底に踏む
頭からウマズラハギの皮を剝ぐかかる痛快ひさかたぶりなり

一首目の「ほおりこみたり」は「ほうりこみたり」だろうが、いかにも豪快。数詞も効いている。いかにも行動する人の歌だ。『コロナの雫』の歳月のなかで、檜垣さんは自分の足でぐんぐん歩いていく人になったようだ。それはそれまでの檜垣さんになかったものではなく、檜垣さんのなかに眠らされていたもののように思われる。本来の檜垣さんが闊達に行動しはじめたという感じがして、思わず快哉を叫びたくなる。

切断機にうすく積もれる鉄粉は刻《とき》の残滓のごとくこぼるる
雨の夜腹いちめんにつくばいの縁をとらえて蛞蝓が這う

一首目は、夫が経営していたらしい工場を素材にした「鉄」一連の中から。二首目は蛞蝓を詠った「地」の一連から。こうした観察眼と感覚は、香川進に通じるものだ。目の前にあるものの描写が、それを凝視する作者を印象づける。感情は抑制され、生気をもって事実だけが立ち上がる。檜垣さんがタフになったと思うのは、こういうところからもだ。現実から目をそらさず、立ち向かっていくことが、檜垣さんをタフにしていったのかもしれない。
その檜垣さんにして、いちばん情感を湛えているように思われるのが、父を詠ったものだった。妻を亡くした直後の父は、このように詠われている。

窓ぎわに立ちつくす父に一息をのみこみて呼び夕飯を言う
「野菊の墓」父は願うのかしおれたる供花の小菊をさし芽しており

そして、病室の父、父との旅を詠った一連も胸にしみるようだった。

夕暮れを眠れる父のかたわらに見ている土俵の力士のうっちゃり
父の熱一度下がればわたくしは朝日に素朴に感謝つぶやく
父の歩にあわせてならび歩く道桜並木はうっすらけぶる
明日はもう会えぬかもしれぬという父の言葉こばまずその手を握る

看取りの日々は、父の娘とあいだに豊かな時間をもたらしてくれたのかもしれない。夫との間には持ち得なかった時間を。

（「地中海」二〇〇五・三月号）

地を歩むひと、阿木津英

『巖《いはほ》のちから』は、阿木津英の第五歌集になる。前歌集『宇宙舞踏』から十三年ぶりの刊行で、二〇〇〇年一月から二〇〇三年三月（作者五〇歳から五三歳）までの作品を収めている。『宇宙舞踏』が一九九二年春までの作品を収めた歌集なので、一九九二年春から一九九九年までの八年間ほどの作品を後回しにしての今回の歌集刊行となった。

全体の印象としては、静かで濁りがない。社会的な題材が前面に押し出された歌集でないせいか、攻撃的ではなく、静かにおのれを立てて周囲と繋がっている。

わが歌を突き出だすべしあをあをとかぜのわたらふ宙《そら》のもなかに
職業歌人《プロ》の末尾に食ひしろ稼がむと手立てを慮《おもんぱか》りてしばし
ほざくなと杖に打据ゑられむとも、いはば純粋の雑種だ。われは歌人としてのプロ意識の言挙げの歌。現代歌人には珍しく金銭のことも歌にしている。それでもさもしい歌にならないのは、誇りをもってプロ歌人たろうとしているからだろう。「わが歌を突き出だすべしあをあをとかぜのわたらふ宙《そら》のもなかに」は、いかにも阿木津さんらしい。おおらかに世界に向かって開かれている感じがする。自然を、世界を体感する、あるいは〃魂の自由〃とでもいったようなのびやかさが阿木津さんに戻ってきた。前歌集『宇宙舞踏』が、表現に苦しんで短歌としては解体しているような歌集だったので、余計に今度の歌集のこの変化は、うれしいものだった。

飛び込んで青ぞらをひらきゆくこころ思へばたのし机に倚りて
もやもやと頭のてつぺん痒くなる牡丹の木《ぼく》の萌ゆるを見れば
かいつぶり鳴くころふくむ湖を春風をとめ揺らしやまずも

フェミニズムやジェンダー論の闘士のように言われる前に、自然と交感し得る素直な資質をもった人なのだと思う。『紫木蓮まで・風舌』で鮮烈なデビューをした頃の「いにしえの王《おおきみ》のごと前髪を吹かれてあゆむ紫木蓮まで」「卵巣を吊りて歩めるおんならよ風に竹群の竹は声あぐ」といった歌も、実に伸びやかで、自然の中で女の体感が観念を上回って、一首を確かなものにしていた。「いにしえの王《おおきみ》のごと」などは堂々たるもので、大地を踏みしめて歩む地母神というイメージさえ浮かんでくる。

それにしても、阿木津英はよく歩く人だ。最初の歌集から挙げたこの二首にも「あゆむ」がある。歩みの質は少しずつ変化しているが、阿木津のこの歩む姿勢は、初めからずっと変わっていないようだ。
故郷九州を離れて出てきた東京での一人暮らしの中では、『白微光』の次の歌が印象に残っている。

とどろける環状七号線上の橋をしょんがらしょんがら渡る

「しょんがらしょんがら」が、引き擦るような足取りばかりでなく、疲れやら孤独感やら、都会暮らしの切ない感じをよく表している。これを読んだ時、阿木津英も「アララギ」の人だったんだとはたと了解したことも忘れがたい。
そして、今回の歌集。

いまだわれおぼつかなけれさみどりの木陰がなかをあゆみ過ぎつつ
吹くかぜの秋のちまたや泣き腫らすたましひの貌《かほ》一つさらして

内省しつつ、涙にぬれた貌を上げて、やはり歩いている。地を歩んでいる。地上の目を働かせている。浮き上がらず、歩きながら、ありきたりの、当たり前の日常に目を遊ばせている。

枝影は芽のふくらみの賑《にぎ》はしあふぎて路を歩むゆふぐれ
ひめぢよをん一茎折りて日盛りの石段をわがささげもてゆく
巨いなるひかりの繭をぞろぞろと虫涌き出づるごとくに歩む
家ありて枇杷の木がありあさみどり噴く木をたたふ路上にわれは

三首目などは、歩むこと自体を楽しんでいる。光のなかを歩む人々の中の一人である自分を意識しながら。「おろかとも言ふといへども選び来し跣《はだし》のあしで踏むよろこびを」という歌もある。ただ歩くのではない。跣で、直に踏むのだ。直接、世界に触れ、そこと繋がることを欲しているのにちがいない。

抱きやれば乳ぶさのうへに顎をのせ眠りにけらし夕風入り来
あをぞらに張る高枝に翅《つばさ》来て素《しろ》き珠実をついばむらしも

一首目は猫を、二首目は鳥を詠った歌だが、「猫」とも「鳥」とも言っていない。こういう詠い方が他に何首かあった。自他の境界がぼかされ、特別なものではなく、ごく当たり前のものとして傍らにある。そういう世界との繋がり方をこういうところに見ることができる。

ところで、『巌のちから』で染み入るように心に響いてきたのが、妹の死を詠った歌だった。親友のような存在だったという妹——。

死んでゆく感じといふを告げむとす舌とつとつと姉なるわれに
額《ひたひ》には水のごときが拡がれり余る韻きのただよふらしも
暗黒にひかり差し入りたましひの抽《ぬ》き上げられむあはれそのとき
骨片のいまだ熱《ほめ》くを裹《つつ》みこむちちのみの父その手裏《たなうら》に

死の前、死の瞬間、火葬後の妹を凝視している。まさに看取ったのだ。看取るとは、傍らで目を離さず、最終的には心を尽くして別れることなのかもしれない。哀切ではあるが、この歌群があるために、『巌のちから』は今までにないほど、人間・阿木津英の姿を見せている。そして、この絶唱。

降り過ぎてのちの欅に諸蟬《もろぜみ》のこゑくらぐらとたちあがりゆく

雨後、沸き立つ蟬の声が目に見えるような迫力だ。死んだ妹のことを思いながら歩いていた時、という作歌された情況を思うと、「くらぐらとたちあがりゆく」声は、阿木津の慟哭の声にほかならない。

（「水系」43号　二〇〇八・六）

関根和美歌集『呂宋《ルソン》へ』に寄せて

『呂宋《ルソン》へ』は、「関東の根」十四首から始まる。

光たつ水田に囲まれいる辺りかつてわが家と呼びいしあたり
関東の根元と説ける書のありて関東のルーツのたくましきかな
備前堀《びぜんぼり》　備前前堀《びぜんまえぼり》　中落《なかおとし》　水路の語る開拓史あり
過去帳の十数代をさかのぼりすっぽり封建制のなかなる

オーストラリアから日本に帰ってきた関根さんの歌が変わった、元に戻ったと感じたのは、これらの歌を見た時であった。五七五七七のリズムに言葉が無理なく収まり、それでいて詠いたいことが確かな骨格をもって立ち現れてくる。もうこれで大丈夫と、その時の私は妙に安心した。

旧い因縁が澱をなす家を出て、自分たちの新しい家を構えた（構えようとしていた時期だったか）ことが、婚家を客観的に見、歴史的に確かめようとすることに繋がっていったようだ。しかし、それは簡単なことではなかったし、そこから見えてきたものも決して快いものではなかった。

隠されし者へと至るはどの扉錆びたる鍵を抉《こ》じ開けかねつ

「錆びたる鍵を抉《こ》じ開けかねつ」は、強い言葉だ。この家に存在しながら隠された者。それは誰か。なにゆえ隠されねばならなかったのか。聞き出そうとしても聞き出すことのできない厚い壁とともに、聞き出そうとする側の躊躇《ためら》いも感じられる。何よりも家を守るために絶対に言わない。いや、初めから存在しなかったかのように、外からの目をかわしてゆく生き方が身についてしまっているこの家の人たち。「どれほどの涙呑み込み旧き家のいけしゃあしゃあと空洞の闇」と詠まれたものが、作者を怒らせ悲しませている。知らずに嫁ぎ、嫁いだ後も隠されていたこの家の抱えこんでいる闇に、自らは外から入りこんだ者であっても、子供たちはすでに深く巻き込まれているのだから。

いま春のただ中にある汝《なれ》の身を雪深き里に閉じ込めに来つ
まろびつつ姉弟のなす雪だるまそを遠景に去《い》にし者らよ
鎖されたる窓の柵より冬の野に放し飼いなる鶏《とり》歩む見ゆ

ここには、母なる者の絶唱がある。作者が放つぎりぎりの声に胸が締めつけられもする。それは、この歌の背景にあるものをいくらかでも私が知っているからだろうか。いや、具体的な事実を知らなくとも、これらの歌にあるただならぬ気配に人は立ち止まるのではないか。立ち止まらないとしたら、忙しい読みを強いられている〝今〟のペースにすっかり侵されてしまっているのにちがいない。

旧家に嫁ぎ、そこに伝わる旧い習わしにも長い間したがって、家事をきりもりしてきた作者である。単に、旧家の暮らしに堪えきれず家を出る決意をしたわけではなかった。そこにある苦しみが、怒りが、悲しみが、この歌集の核にある。

没落の名家引きずり移築せし代ゆ系譜の早死にと化す
口を病む夫の風聞「俺たちに喰わせぬゆえに喰えずになりぬ」と
旧き家に徐々にたまりし血のよごれひとの怨念ふかく意識す

婚家について深く知る一方で、自らの血脈についても思いいたることになる。

嘉永六年聖夜に自死せし父祖あるを知りてより昏むわが血脈も
おそらくは釦ここよりかけ違い滅びへ向かう家系となりし

聖夜に自死したのは、なにゆえだったのか。父祖とキリシタンとのつながりはあったのか。関根さんが繰り返し見てはうなされる夢に、戦場シーンがあるという。この夢の正体は何なのだろう。

今ここにいる自分自身が負っている歴史。今の境遇に至ったのも偶然ではないのではないかという思いが、関根さんを歴史に向かわせたのだろう。さらには、正史に残らない多くの人々の存在、歴史の裏側に、時に故意に封じこめられていった人々の声に鋭く反応せずにはいられない。「高山右近」から「ばてれん山」へと向かった歴史探訪の旅は、やむにやまれぬ心に突き動かされてなし得た成果であり、それがある意味で、その間の関根和美を生かしていたとさえ、今は思われるのである。それほどに、オーストラリアから帰って以降も、つぎつぎと困難は押し寄せ、むしろ行く前よりも身に堪えるような辛い出来事がつづいていたように思われる。

「自分のことを書いてくれ」という高山右近の声を引き寄せたのは、関根さんの中に媒体となりうる要素があったからで、乱暴な言い方かもしれないが、高山右近は関根和美にほかならないし、隠れキリシタンもまた関根和美なのだろう。

歴史探訪のなかで出会った多くの人々。人と人とのネットワーク。それは、関根さんの情熱と行動力、人としての魅力が自然と呼び込んでいったもので、今後もきっと関根さんの宝となってゆくことだろう。

さて、これから関根さんの歌はどう変わってゆくのだろうか。自らの井戸を深く掘りすすみ、地下に通じている豊かな水脈を掘り当てるにちがいないと私は思っている。

（「水系」50号　二〇一〇・九）

小池光歌集『山鳩集』を読む

『山鳩集』は、小池光の第八歌集になる。二〇〇四年から二〇〇九年までの六年間に発表されたものの中から編まれている。その間、二〇〇六年三月に三十一年間の教師生活にピリオドをうち、還暦を迎えた。しかし、悠々自適の生活とはならず、かつてないほどいろいろなことが身辺にはあったようだ。

のみこむ力なくなり果てつ　けふからは青いチューブが鼻孔に通る
夕食を母に食はすといそぎたる三年十ヶ月の折り折りの日や
その口に食をはこびし病院の母のスプーン洗ひて返す
食ひ終へてねむれる母のかたはらに選歌の稿をひらくいくたび
夏が来て九十七年生きむとす母のいのちはひたぶるに勁し

学校勤務のかたわら、作歌し、歌書やエッセイ集を出版し、新聞歌壇の選歌、講演に編集と、フル回転の活躍ぶりに、ただただ驚嘆の目を見張っていたのだが、これらの歌で見ると、早めの退職の背景には母の介護ということがあったようだ。夕食を食べさせるために母のもとに通った三年十ヶ月、食後の母の傍らで選歌の稿を開いたこともいくたびもあるという。そんなことを小池光がしていたとは、この歌集を読むまで知らなかった。

この一連では、もはや飲み込む力をなくしてしまった母の鼻孔にチューブが通され、食べさせる役目を解かれてしまった作者の寂しさと、なお生きようとする母の生命力の強さが詠われている。そして、詠われた時期は、夕食を食べさせるために懸命に通っていた時ではなく、もうその必要もないところにきてしまってから。それは、学校勤務についても同じことが言える。

教員会議の隅におもへる失はれたる十年は失はれたる五十年にあらずや
自信ないとき人間はあがる高校一年生を前にしてする授業といへど
もののはづみに勤めはじめし学校に三十一年勤めて終はる
崖つぷち渡りつつ来し自己肯定つよきつよき教師集団の中
敷地外に追はれ追はれてたばこすふ学校教師　定年まで何年
棘いつぽんのこころのこりや仕事ぶり見にゆくと言ひつつひに行かざりき
おづおづと生徒きたりてもの言ひしひとつひとつの言《げん》も忘れえぬかな

これまでも勤務していた学校のことを詠わなかったわけではない。しかし、こんな正直な詠いぶりではなかった。有名になった「佐野朋子」の歌でも演出が感じられた。久しぶりに気分の乗った授業をした歌にしても、「小池さん死んでゐるぜ」と言われている職場の歌にしても、誰に読まれても困らない演出が巧妙になされていた。〝あ、こんな歌作ってるよ〟と軽く笑って通り過ぎてもらえるような。

だが、今度の歌集では、軽く笑って通り過ぎてはもらえない本音の部分が出てきている。職場や教師集団への違和感を隠すことなく、もしかしたら教師としての資質が問われるようなことまでも歌にしている。学校勤務を離れたからこそ詠えるようになったのだろう。自在に詠っていたようで、なんでもかんでもを歌材にしていたわけではなかった。生徒の歌にしても、例の「佐野朋子」の出方とはまったく違う。生徒一人一人と向き合った一人の教師の、職を離れての実に真面目な感慨だ。茶化しの要素はまったくない。これは、小池光の今までの歌にはなかった傾向だ。言ってみれば、「素の小池光」の登場である。

『バルサの翼』以来、『日々の思い出』で作風の大きな転換が見られたが、この『山鳩集』で第三段階に入ったような気がする。小池光の並々ならぬ博識ぶりを示す歌や、諧謔や皮肉の利いた歌がある一方で、「素の小池光」を感じさせる歌が出てきていること。その両方が混ざり合って、小池光の世界が広くも深くもなったように思う。

それでもやはりすべてを詠っているわけではない。大事なこと、本当のことは、なおも巧妙に隠されているようだ。まっただ中にあっては詠えない、その時期が過ぎ去ってはじめて歌にできるということもある。

隣間《となりま》に洗濯物をたたみゐるきみのこの世の息のひそけさ
わづかにもひらく襖の口よりぞひとりのこゑは漏れむとしたる

隣の部屋の気配のように詠われた「きみ」「ひとり」。この息を呑むような静けさは、哀切でさえある。老齢の母の介護以上に、乳癌で病状重くなっていた妻の存在がいかに小池光につらく覆い被さっていたことか。

今年（二〇一〇年）一〇月一七日、京都では「河野裕子を偲ぶ会」が行われていたその日に、小池光は喪主として妻の葬儀の場にあった。乳癌の再発に苦しみながらも最期まで詠いきった河野裕子、その夫として歌人として伴走しきった永田和宏。乳癌の妻の闘病については歌にすることなく、耐え続けた小池光。永田も小池も昭和二二年生まれ。ともに今年、同じ病で妻を喪った。これから先、二人はどのように生き、どのように詠ってゆくのだろうか。

（「水系」51号　二〇一〇・十二）

内山晶太歌集『窓、その他』を読む

最初にこの歌集を読んだときに感じたことは、〝この静謐な感じは知っている〟というものだった。「窓」「ひかり」「灯り」「影」などという言葉が、何度も繰り返されているのを見るに及んで、〝あ、これは小野茂樹ではないか〟と思った。それを証すかのように、読み進んでいった先にはこんな作品が。

死ぬ術のかずかぎりなき今生をひしめきて人ら歩み過ぎたり

この歌は、小野の作品「あの夏の……」を意識して作られているにちがいない。すぐ前には、「死ののちのお花畑をほんのりと思いき社員食堂の昼」。これとてどことなく、死を身近に感覚していた小野の作品を思わせる。

それにしても、内山作品の背後にあるものは、信頼に値するものかどうか。今、この時代において、このひそやかさの選択はいかなる意味をもつのか。現実そのものではなく、作者の内側を潜って再構築された景を差し出すかのような作風は、今、どのように受け止められるのか。歌集の初めの方から五首を引く。

たんぽぽの河原を胸にうつしとりしずかなる夜の自室をひらく
口のなかに苺の種のよみがえるくもれる午後の臨海にいて
抜け落ちてゆくかなしみの総量をしらず昼間の部屋にふるえつ
空間に手を触れながら春を待つちいさな虫の飛んでいる部屋
春の雨こすれるように降りつづくほのあかるさへ息をかけたり

一首目は巻頭歌である。昼間見てきた、たんぽぽの河原を胸に、静かな夜の自室（の扉）を開く。昼と夜、明と暗、外と内、そうした対比が、今ここにはないものも見せながら、ひとつの景を結んでいる。二首目の「口のなかに苺の種」も、今ここにはないものだ。曇った午後の臨海（海辺ではなく！）にいて、口中の小さな異物感を思い起こしている。三首目は、自分の内側から「抜け落ちてゆくかなしみの総量」を知らないということに戦《おのの》いている。どんなにかなしいことがあろうと、それをいつまでも留めておくことはできない。生きることの根源に向かう思索。その思索の場所が、「昼間の部屋」という、明るい限られた空間であることも見逃せない。四首目は、三句で切れる。「小さな虫の飛んでいる部屋」＝「春を待つ空間」、それに手を触れ（るようにして）実感している。この歌での「空間」、その前の歌での「かなしみ」「総量」、こうした言葉選びにも作者の志向がうかがえる。五首目は、春の雨の降り方を「こすれるように」と表現し、さらに「春の雨こすれるように降りつづく」が「ほのあかるさ」の比喩にもなっているという、比喩の二重構造を見るような歌。抒情的な美しさは、結句の「息をかけたり」の行為へとつづくが、はて、この歌は何を詠ったものか。何も言ってはいないような。短歌を「光の器」と言ったのは、中井英夫だったか。繊細にして無内容。細かく降る春の雨のほのあかるさだけが印象に残る。

「均質で、淡い」と評されることが多いらしいが、それも小野茂樹の『羊雲離散』が批評会で受けた評に重なる。しかし、淡い印象ではあっても、弱くはない。かなり強靱なボディ、したたかさをもっているように思われる。

作歌を始めてから二十年。この歌集には、二十代半ばから十年間の作品が収められ、その前の十年間の作品はない。一九九八年の第十三回短歌現代新人賞受賞作も外されている。第一歌集にして、一冊としての読まれ方をかなり意識した編集。このあたりも、小野茂樹歌集『羊雲離散』に通じる。

床に落としし桃のぬめりににんげんの毛髪つきて昼は過ぎたり

〝したたかな〟と思わせるのは、たとえば、このような作品だ。床に落とした「桃のぬめり」に「にんげんの毛髪」、命の気味悪さがこんなふうに表現されている。

つぼみひらきて裏返るまでひらけるを夜の玄関の百合は筋肉

十円玉てのひらに閉じまたひらきくらがりにいる左卜全

金属のごとく錆びつくどくだみの葉を冬の雨、フランスに似つ

一首目、反り返った百合の花びらを見て、「百合は筋肉」と言い切ってしまう強引さ。二首目の固有名詞の出し方にも強引さを感じないではないが、そこにいるのはやはり左卜全でなければならないような、妙な説得力がある。三首目では、「金属のごとく」の比喩、どくだみの葉を「錆びつく」と表現。さらに、どくだみの葉に冬の雨を合わせ、「フランスに似つ」ともっていく強引さ。〈静謐〉とか〈淡い〉とか思わせながら、一方では、それとは正反対のものを持っているようだ。

近頃、〝小野茂樹が生きていたら、現代短歌の世界は違っていただろう〟という声をときどき耳にするが、小野短歌の現代版を思わせる内山作品にしばらく注目してみたい。

現代仮名遣いと文語の馴染み具合も、これからの短歌の姿を考えさせる。小野茂樹作品との大きな違い、作品の中に他者がほとんど出てこないという点についても、今後どのような展開を見せるのか興味深く思われる。

繰り返し読ませ、その度に新たな読みを誘う歌集でもある。それはやはり、それだけの魅力を持った歌集だということだろう。

（「水系」58号　二〇一三・五）

二〇一四年の終わりに

二〇一四年の終わろうとする頃に出会った歌。

君を嫌う権利をわれは握りおり本をばたばた読み進めおり
振り向きざまにパブロ・ピカソは佇めり性犯罪者の眼光をして

花山周子の第二歌集『風とマルス』の中の歌である。最近作をまとめたものではなく、二〇〇七年二月から二〇一〇年二月までの三年間の作品集。東日本大震災の起こる前の作品ということになる。大震災以後、作者はこの歌集の頃の歌を遠く感じるようになり、整理する作業はとても苦しく、全部捨てようとも思ったがまとめ上げたと、あとがきに書いている。
過去の作品が現在と地続きにあると感じられていたものが、大震災を境にそのように感じられなくなったというのは、この作者に限ったことではないかもしれない。それでも、まとめておこうとしたのは、大震災以前の自分の姿を、それはそれとして、一応残しておこうとするものだったか。
さて、ここに挙げた二首について、である。

君を嫌う権利をわれは握りおり本をばたばた読み進めおり

「嫌う権利」を私が握っている！　たしかに、そういう権利だってある。どんな権威ある人であっても、どんな有名な人であっても、嫌いは嫌い。そう言う権利は、私の側にある。手に取ってはみたけれど、面白くない本だからばたばた読み進める。これは私が施行する「嫌う権利」。
この歌の二首前には、「再読の『ネフスキイ』否、最初から再読だったと思えり二月」がある。『ネフスキイ』は、岡井隆の歌集だ。この歌と繋がりはあるのか、ないのか。そういうことを思わせるのも、構成の狙いなのだろう。

振り向きざまにパブロ・ピカソは佇めり性犯罪者の眼光をして

ピカソの、その眼光を見た！（ような気がする）　たしか、横縞のTシャツを着て、振り向いたピカソの写真。その頃、ピカソはミノタウロスのシリーズを描いていたのではなかったか。牛の頭に人の身体をもったミノタウロスが女性と絡み合う絵、ことさらに性器をクローズアップした絵を、何枚も、何枚も。エロスと暴力と……。雄性を剝きだしにしながら、ミノタウロスの顔は、寂しげであった。雄としての性行為、そこにある暴力性。ミノタウロスのシリーズには、性の暴力性とエロス、それに伴う悲しみが満ちているように思える。

花山が性犯罪者の眼光を持つと感じたピカソは、写真だったのか。映像だったのか。この時に花山が、ピカソを「性犯罪者の眼光」をもつ者と感じ、それを歌にしたことの意味を考える。美大を卒業し、煙草を吸いながら絵を描き、自分の道を模索し、おそらくは結婚の対象となるような男性とつき合ってもいた時期だったろう。

『風とマルス』を読みながら、最近の花山作品よりもとんがっている感じを受けた。最近の花山作品は、もっと日常に即していて、それでいて変な感じを出している。そこは、母である花山多佳子の作品世界とも共通するようなところでもあるが、日常に容易く同化せず、どこかに違和感を潜めながら、視覚以外のところでもじんわりと、ささやかな世界を感じ取っている……そんな感じだ。尖った部分は、出産し、本の装幀等、自分の才能を発揮する場を得たことで、すこうし丸くなったのかもしれない。あるいは、それ以上に、大震災が決定的な何かをもたらしたのか。

花山の最近作をおもしろく読みながらも、『風とマルス』の時期にあった、とんがった感じに、妙に心惹かれる。

東日本大震災後、短歌に限ったことではないが、作品の質が変わってきているように見える。東北に、あるいは、福島に心を寄せたところから作らねばならない、というような気分に支配されてはいないか。そうして出来上がったものは、優しさや励ましを装った、ヤワで、貧相な代物になってはいないだろうか。

たとえば、「花は咲く」をみんなで歌いましょう的な。

被災地から発信される作品も、だんだんと求められる被災地像、被災者像に合わせたものになってはいないか。見舞金が入ったけれど、新しいことを興すほどの額ではないし、働く場所もないので、毎日パチンコやって暇つぶしてるよ、なんて歌を見ることはほとんどない。だが、実際にはそういう現実もある。

大震災以後、何を歌うか、いかに歌うか。けっこう、見えない制約に縛られているような気がする。

そうした中で、梶原さい子歌集『リアス／椿』は、大震災以後も、その時期の東北の平熱を表現しているように思われた。

梶原の生家は、気仙沼にある神社である。歌集には、大震災以前と以後とに分けて、作品を収めている。震災後の作品は、作った時期が分かるようにまとめられ、記録性を強めているが、自然を畏れつつも長くそこに暮らしてきた人々とともに生きる、今の暮らしがベースにきちんと置かれている。

（「水系」62号　二〇一四・十二）

渡辺松男歌集『きなげつの魚』——平成の名歌集を選ぶ

あぢさゐのみえざるひかりうけて咲みひかりさやげばあぢさゐのきゆ

くだけしはきなげつの魚　しろがねのクリップ都市に散乱したり

あしおとのなんまん億を解放しなきがらとなりしきみのあならら

ねはんにしおだしき空の雲を背にまどろみながら巨象のあゆむ

うづ銀河うづまくかなたいづみありくりすたるりんごを妻ともふとき

タイルの目朝のひかりにうきあがりタイルひとつにわれはをさまる

くりくりとこころうちうとうたふ子のうちうにうかぶひとみが地球

体しうのなべてとけこむおほぞらに土偶のふとき息の虹たつ

すすき野のむかうはふゆへむかふ河すすきとほらむとみづは嘶く

忠治の眼玉ぎらぎらとあぶら蟬の鳴きこの世の外をはじくならずや

ばかやらう夏桑はむんむんと蒸し進むためただ掻き分けゆくも

ただ死ねばいいだけのことととどろける夕焼け空に大車輪みゆ

てのひらのぬくみつたふるためにのみ永遠のきよりをなきひとは来る
葉桜となりて道ゆくひと減れどあるくひとみな歩きうるひと
死にしゆゑわれより自在なるきみのけふたえまなくつばなとそよぐ
生まれつつあるわれ死につつあるわれと蝶ものくるふ野にすれちがふ
をりづるの鶴のきらひなわれなればすさまじき西日ベッドにあびす
てのひらをひらけば蟬のこゑのしてとづればてのひらそのものがない
臼は見えぬむすうの臼と重なりてしんしんと寒のおごそかをなす
みづうみは死の相をしてよこたはり人ちかづけばかすか目をあく

渡辺松男。二〇一二年、第七歌集『蝶』により迢空賞を受賞。この歌集には、二〇〇四年から二〇〇六年までの未発表歌三五六首が収められている。まだ妻が生きていて、自身も難病になる以前の作品であった。

『きなげつの魚』は、『蝶』に続く第八歌集で、二〇一四年刊。二〇〇八年から二〇一三年にかけて発表された三五〇首が逆年順に収められている。癌だった妻の死後、自身が治療法のない難病になってからの作品である。

渡辺松男の作品は、最初から他の人の作品と違っていた。その違いを何と訊かれると即答できないのだが、周囲に惑わされることなく独自の世界を表現しようとしていた。だが正直に言えば、それは解っても私にはまだ馴染める種類の作品ではなかった。

それが変わったのは、やはり『蝶』からである。そして、『きなげつの魚』でさらに大きく変わった。その変化は、いったいどこからきたのだろう。現代仮名遣いだったのが、『蝶』からは歴史的仮名遣いになった。同時期に句集『隕石』も刊行している。そうしたことも何かの関わりがあるかもしれないが、そんなことではないだろう。「愛するものが死んだ時には」という中原中也の詩句が頭をよぎったりもする。だが、それだけでもないだろう。

この人がむき出しの体（心）全体で震えるように感じとっていることが、こちら側に触れてきて、こちらも体（心）全体で応じずにはいられないといったふうなのだ。作品によって、開かれていく世界がある。それは、私自身の中にすでにあったものかもしれないのだが、新しく言葉を与えられたもののように響いてくる。

ここに〈今〉を生きているこの人の、存在であるとか、いのちであるとか、そうした根元的なものに向かう純粋さや、時には激しさが、表現と相俟って読む側に揺さぶりをかけてくる。「死者たちの痕跡は生きている」「死後に存在するものは、私の孤独よりずっと大きい存在なのだ」とこの人は言い、そのように感じてもいるのだろうが、時空を超える作品の中にあって、〈今〉に留まって懸命の声を発しているところに強く惹かれる。時空を超えた作品は目指されたものではなく、結果として時空を超えてしまうものなのだろう。世俗から離れていられることは、この人の作品の深度をいっそう深めているにちがいない。

（「短歌往来」二〇一五・七月号）

水原紫苑歌集『光儀《すがた》』に寄せて

水原紫苑歌集『光儀』は、美しくも恐ろしい歌集である。

この歌集には、水原紫苑がこれまでに培ってきたすべてが入っている、と思う。古典はもちろん、近現代の短歌、プルーストやカフカなど幅広い海外文学や芸術、芸能、民俗学についての教養などなど。それらが、文語のよろしさ、漢字の正字表記のよろしさとともに、豊饒な実りを見せている。

加えて、今まであまり詠ってこなかった（と思われる）、元近衛士官だった父や沖縄戦で死んだ伯父のことがこの歌集では出てくる。それは、天皇の戦争責任や沖縄や国家に対する思いにも及び、東日本大震災後の東北・福島を抱きかかえつつ、表現者としての並々ならぬ覚悟を示している、と思う。

思えば、平凡社新書『桜は本当に美しいのか』を読んだときに、水原紫苑は心が据わったと思ったのだった。「桜」をテーマに、できるだけ既成概念にとらわれることなく古典を読み直そうとする著者の知性と感性が光る著書であったが、現代短歌にも及ぶ率直なもの言いは、こんなことまで言ってしまって大丈夫かと思われるほどであった。それほど水原紫苑のナマの声が聞こえてくる著書で、その時にも表現者の覚悟を感じさせられたのであった。

巻頭の一首。

天地狂ふ一日《ひとひ》ののちを愛のみの裸形となれるひとの光儀《すがた》や

この歌には、万葉集巻十二の「海《あま》をとめ潜《かづ》き取るとふ忘れ貝世にも忘れじ妹が光儀《すがた》は」が付されている。「天地狂ふ一日」と東日本大震災を詠い、「愛のみの裸形」と万葉集の「海をとめ」とを響き合わせつつ、亡くなった人々のことを「忘れじ」と言っているのだ。東日本大震災による死者たちの鎮魂歌は、これまでにも数多く作られてきたが、万葉集の歌と響き合わせるような詠い方は水原ならではのものだろう。喪われてしまった存在を、何度も何度も鮮やかに蘇らせる行為は、万葉の時代も現代も変わらずに人がしてきたこと。そのことが改めて思われる。悲しみの中にも「ひとの光儀」を見ることによって、遺された者は生き続ける力を得るのだろう。

狭庭《さには》なる河津櫻ををろがみて行方も知らぬ狂《きやう》のみちかな
ちはやぶる神の嘔吐《たぐり》のさくらかな陽に泡立てばやすからなくに
笑ひつつ手など振りつつふたたびを春の彈道に乘るまじく候

歌集の初めの方から引いた。いずれもよく知られた歌を背景にもつ。

一首目は、百人一首にも入っている『新古今集』の歌「由良の門を渡る舟人かぢを絶え行方も知らぬ恋の道かな」（曽禰好忠）。下の句の「行方も知らぬ恋の道かな」の「恋」を「狂」に変え、桜に狂う自らを詠っている。「狭庭《さには》」としたのは、「狂」と響き合わせるためだったか。獣偏の正字が妙にまがまがしい。

二首目は、山中智恵子の歌「さくらばな陽に泡立つを目守《まも》りゐるこの冥き遊星に人と生れて」。桜の花を見上げて、水原は「神の嘔吐」と詠い、山中智恵子が詠んだように陽に泡立つので安らかにはいられないことよ、と山中の歌に応えている。そして、もう一つ。初句の枕詞「ちはやぶる」と、結句の「やすからなくに」という文語表現とが、ゆったりとしたリズムを醸しだし、歌に膨らみを与えている。

三首目は、齋藤史の歌「春を断る白い弾道に飛び乗つて手など振つたがつひにかへらぬ」。詞書に「昭和十一年二月二十六日、事あり。友等、父、その事に關る。」とある二・二六事件を詠ったものだ。笑いもし、手なども振るけれど、わたしは春の弾道に二度と乗るまいと思います、と応えている。

先人の作品に対する敬意とともに、文化の継承ということも、このようなかたちで営々と続いてきたのではなかったか。だが、そういうことのできる人は、現代においては限られてきてしまっているように思う。

沖縄戦なかりせばたまきはるわが生《あ》れざらましを死なざらましを

この歌には、「母の兄、沖縄戦に死す。長女なりし母は戦後、失業した元近衞士官の父を迎へて名も無き家を守る」という詞書がある。自らの出生についての歌で、そこに沖縄戦による伯父の死が深く関係していたことを明かしている。下の句は「生《あ》れざらましを死なざらましを」とリフレインの形だが、生まれなかっただろうにというのは「わたし」がで、死なかっただろうにというのは伯父が、なのだろう。省略があるけれど、詞書に助けられて、そのように理解できる。ここでも、「〜せば〜まし」の古語表現、「たまきはる」の枕詞が、事の無惨を和らげている。

これに続く歌は、「われ在らず沖縄戰なくヒロシマ・ナガサキ無き世界こそ在らまほしけれ」である。わたしなど存在せず、沖縄戦も原爆投下も無い世界こそがあってほしい世界だと詠う。この、戦争があったから生まれてきた「わたし」なのだという認識。さらにその後に続く歌では「戰爭の鬼子」とも「無用なる存在」とも詠い、それより前には「皇軍の裔《すゑ》なりしこと原罪に等しきものか」とも詠っている。

ずっと以前、現代歌人協会の公開講座の場で、着物を着た自身を「墓石」と言った水原紫苑を思い出す。それは奇を衒った発言ではなく、その源には、自らの出生・存在に対する思いがあったのかもしれない。

象《かたち》あらぬ春の月見ゆ三月の十一日は文節され得ず
〈器官なき身體〉すなはちさくらなれアントナン・アルトーのくるしみ戀ふる日
銀河系ゆこぼれやまざるむらさきのわたくしやみの始原のさくら
さくらばなとどまらざらむ憲法の恣意解釋のきりぎしに舞ふ
妄想のあふぎひらきて花を受く人生といふ客間に獨り

巻頭の一首を除いて、ここまでに挙げた歌はすべて、「きさらぎやよひ」の中に収められている。全部で四十九首。歌は、私的な事柄を入れながらもそれだけに留まらず、三月十一日を想起し、「〈器官なき身體〉アントナン・アルトー」と、依るところの思想をほのめかし、「さくら」に囚われつつ「憲法の恣意解釋のきりぎしに舞ふ」と現実の日本のなかの「わたし」を客観視する。

その構成力の見事さ。桜の花の渦のなかに巻き込まれ、銀河系にも連れてゆかれ、存在の深淵をも覗かされ、現実と妄想、過去と今とがひとつながりのものとして、何の不思議もなく受け容れられる。この感覚、読後の酩酊感のようなものは、なかなか味わえるものではない。

それはそれとして、表現者としての並々ならぬ覚悟の歌を何首か。

戀ならで一生《ひとよ》貫く怨みこそかつて神たりし人を忘れじ
あやまたず地獄に落ちてかの死者と相見む無限回問はむ敗戰のこころ
いちにんの戰爭責任如何にとぞ代々木に問へばこゑのみどりや
首擊たれ沖繩の壕に死にゆきし伯父よ皇居を守り居し父よ
潔白を信じたりとも伯父もまた沖繩を傷《いた》めし大和のひとり
戰爭を職業とせしちちのみの父はいくさにつひに出でずも
人間となりたる神に放たれてよるべなかりしちちのみの父
わが生の源に在る戰爭と天皇、父母の契りのごとくあやふし
戰爭の正身《むざね》とわれをおもふとき自死ははつかに遠ざかりけり

自らに必ず返ってくる刃であることを承知過ぎるほど承知している水原紫苑だからこそ、天皇の戦争責任を問う歌に迫力があるのだろう。沖縄への思いも単純ではない。「すめろぎは人にあらずと朝狩のうたびといへり　ダ・カーポはならぬ」という歌も詠わずにはいられなかったのだろう。

うつし世に最も愛すと犬抱《いだ》き母の怒りを買ひたりし日よ
母はその兄愛しやまずもなきがらの母に着せたる紫小袖
老女なる母黄泉《よみ》にして青年の伯父に近づきくちづけ待てり

琉球の花織最後に買ひくれし母よ藤色はさんげの匂ひ

その人が生きているうちには詠えないことがある。母が死に、水原紫苑が詠ったこと。これらの歌をみると、若くして沖縄戦で死んだ兄に対して母が秘めつづけていた思いを解放させてやったように思える。

父が死に、母が死んだことと、自らの裸形を曝すような今度の歌集の有り様《よう》は、無関係ではないような気がする。

フクシマや山河草木鳥獣蟲魚砂ひとつぶまで選擧權あれ
死は夢となに思ひけむ黑髪の水《み》漬《づ》きて越ゆる末の松山
救濟《きゅうさい》はなきゆゑ神は遍《あまね》きか　凍れる雪の面をゆく鴉

総合誌で、この一首目を見たときの驚きは忘れがたい。人間だけではなく、東日本大震災後の福島のすべてのものの声を聞けと「選擧權」をもってきたところは、今までの水原紫苑とは全く違っていた。二首目の詠い方は古典を背景にしているが、歌枕の「末の松山」はまさに津波の被害に遭った。「死は夢となに思ひけむ」も「黑髪の水《み》漬《づ》きて」も古典の世界のことではない。現実として目の前にあった。三首目は、二〇一一年三月十一日、津波に遭った気仙沼であったか、石巻であったか、テレビに映し出された雪降る港の空を飛んでいた鴉数羽を思わせる。救いようのない現実を前に、茫然と立つ人の姿。描かれていないものを強く感じる。

巻頭の一首も東日本大震災を詠っていた。歌集のあとがきには、「……東日本大震災があり、それを契機に社会も大きく動きました。未来は全くわかりませんが、自分を裏切ることなく生きたいとだけ思います。」とある。

國家解體おもひみるかな領土なく國語なくただに〈言葉〉響きあふ水の星

（「水系」64号　二〇一五・八）

Ⅲ

藤沢螢って誰だ？

藤沢螢って誰だ？　それはどうやら久木田真紀のことらしい。

久木田真紀は、平成元年に短歌研究新人賞を受賞した、昭和四十五年モスクワ生まれの女性である。当時まだ学生で、オーストラリアに留学中であった。受賞作「時間（クロノス）の矢に始めはあるか」は、すでにかなりの完成度を持っていて、作者の博識ぶりにも注目させられた。しかし、その後、受賞第一作「エデンの東」の発表を最後に（たぶん）その作品を見ることはなかった。授賞式にも本人は留学中ということで、叔父が代わりに出席していた。

それが、雁書館から『時間の矢に始まりはあるか』という題で歌集が出たのだ。しかも、藤沢螢という名で。朝日新聞の「風信」を見なければ、それがあの久木田真紀だとは、容易に一致しなかっただろう。どこかで見た歌集名だな、くらいで。

さっそく購入した。一ページに五首組。一八八ページ。かなりの歌数になる。それに対して、あとがきはたったの三行。「本歌集は主題制作が多いということもあって歌集全体の作品配列については制作年順にとらわれず勝手気ままに再構成した。発表誌は『短歌研究』、『短歌』である。」というものだ。実にそっけないほどで、作者を知る手掛かりがすっかり消されている。新人賞を受賞したときの作者紹介が本当なら、今年彼女は二十七歳になっているはずだ。結社には所属していないらしいから、総合誌に発表した以外の作品は、自分で主題制作をし、ノートにでも書き留めていたものか。

歌集からは、アメリカ生活が長いことを思わせられた。ニューヨーク、マンハッタン、ダラス、セントラル・パーク……。マリファナ、マグナム、マフィア、AIDS……。そして、歌集の終わりには、朝鮮と中国とロシア。何だろう、これは。

八年前の受賞作「時間の矢に始めはあるか」から作品を挙げてみる。

春の洪水のさきぶれ昧爽の噴水の秀に濡れるわが胸
月の縛、太陽の縛にならされてきたる地球の五月のきらら
〈源氏〉から〈伊勢〉へ男を駆けぬける女教師のまだ恋知らず
聴診器あてたる女医に見られおりわがなかにあるマノン・レスコー
信と疑のはざまに揺れる校則の禁止体系さびしからずや
校庭で踊れるワルツ星星の自転をまねびいたるわれらよ
エッシャー展見おわりしのち思いおり　時間の矢に始まりはあるか

女子学生であることを知らせる素材を入れてはいるのだが、この切れ方は気になる。十八歳くらいの現役の女子学生がこんなにも冷めた感覚で学校や他者である女を、また自身の中の女を見ることができるのだろうか。モスクワに生まれ、海外での生活が長い十八歳ならあるいは、とも思ったのだが。こういう目を持った若い女性が出て来たということに、八年前の私は目を見張る思いだった。

しかし、当時から、久木田真紀は実際には存在しないのだというまことしやかな噂があった。誰かゴーストライターのような人がいるのだと。授賞式にも顔を出さない、その後の消息も知れない、というので、いよいよその噂はまことしやかに思われた。確かに女子学生を思わせる材料を備えている。しかし、わざとそう思わせるためにそうしていると思われなくもない。新人賞の選考委員の一人であった岡井隆は、「比喩そして口語（話しことば）の適度の挿入、恋愛という主題、明るさ。すべて、今、短歌界に通貨となってしまったものを、たくみにこなして使っている。」と述べている。今、短歌に求められているものを読み取って、しかも実に達者に作品化してみせているのだ。短歌界を知り尽くした人が、いかにも若い女性であるかのようなふりをして、新人賞に応募してきたと見ても、そういうことも有り得ると思えるのだ。

月光射すバスルームよりきみに問うここからエーゲ海までの距離

海を見るきみとわれとの間にもそうさ万有引力がある
恋人よわが家といえば杏咲く家の真南おいで下さい

これらの歌の「きみ」が女で、「われ」が男であったとしても何の違和もない。つまり、男が作った作品とも見える。

店頭に鈍く光りぬ殺される、あるいは殺すための銃器が
原子の火もて浄めよという声は六月の高空のあたりか
青空のどこかできっと戦争が生理のように始まるだろう
ファントムの天翔るその麗しさ暴力を肯定はせざれど
置きざりにされた地雷が月光を浴びて微光を放つクウェート
いつの世も戦へとカーヴを切ってくるこのアメリカをいかに処すべき

こういう社会の切り取り方も男のもののように思える。

娼婦だがフランシーヌの場合なら愛人と呼んでみたい気もする
その陰に触れたであろうケネディの手を想いつつもモンローが好き

揺り椅子にゆれているのは〈時〉を漕ぎ疲れて眠るリリアン・ギッシュ

「知ってる」と言うときサイレントのKが聞こえてくるなれヴィヴィアン・リーよ

フランシーヌにケネディ、マリリン・モンローときては、作者の年齢は五十歳を越えるのではないかとも思われる。歌集の終わりに置かれた中国やロシアの歌にしてもある年齢層を想像させる。『私小説』を書いた水村美苗のような人ならあるいはこういう歌を作るかもしれないが、密かに私は、藤沢螢とは現代短歌通の五十代くらいの男性ではないかと疑っている。

（「水系」10号　一九九七・十）

割れた卵

この四月（一九九八年）、NHKテレビで、向田邦子作のドラマ「阿修羅のごとく」の再放送が始まった。昭和五十四年一月に放映されたものだから、すでに二十年近い歳月が経過している。当然のことながら、出演している八千草薫や緒方拳も今から見るとずいぶん若い。テーマ音楽に使われているトルコの楽隊のマーチが印象的だ。マーチと言っても、短調でしかも単調。にぎやかなのに、どこかもの悲しい。この曲選びは、演出の和田勉がしたらしい。

二十年近く前にこのドラマを見てからずっと胸に焼きついているシーンがある。それは、割れた卵がいくつもアスファルトの坂道を滑っていくシーンだ。落ちて割れたはずなのに、黄身は無傷のまま、どろりとした白身にひきずられるようにして坂を下っていく。

シーンの前後を少し説明すると――。

七十歳と六十五歳になる老夫婦。夫は、退職後も週に二日間仕事に出かけ、それが火曜と木曜なので、娘たちから「火木の人」と言われている。言うまでもなく「寡黙の人」とかけているのである。だが、その夫には八年前から世話をしている三十歳も年下の女性とその子供がいた。妻の方は、それを知りながら知らぬふりをずっと通している。父親に愛人がいると知った四人姉妹は、やきもきしながらも、自分たちの母親は呑気な人で、猜疑心や嫉妬心とは無縁の人だと思っていた。

ところがある日、父親の愛人のアパートの前に立っている母親の姿を次女が目撃してしまう。娘の存在に気づいた母親は、何ともいえない顔で笑ってそのままそこに倒れてしまう。その時に、買い物籠から卵のパックが落ち、割れた卵が流れ出す。そのどろりとした感触とまあるい黄身の妙な生々しさは、隠してきたものがふいに露見したバツの悪さと女の感情そのものだった。

向田邦子は、こうした小道具の使い方が、実に巧みな人であった。

生卵を使ったシーンで、もう一つ思い出すのが、伊丹十三監督の映画「タンポポ」だ。割った卵の黄身をつぶさないように、男の口から女の口へ、女の口から男の口へと繰り返し移すというシーンがある。これはもう実際のセックス以上に濃厚なセックスを思わせた。

それ以前に、伊丹は、自分自身が俳優として出演した映画「家族ゲーム」の中で、目玉焼きのまだ固まらない黄身の部分を吸うのが好きだという父親役をやっていた。こちらの方は妙に幼児性を感じさせるシーンであった。

短歌では、塚本邦雄の歌を思い起こす。

突風に生卵割れ、かつてかく撃ちぬかれたる兵士の眼

『日本人霊歌』の中にある一首。突風にあおられて割れた生卵を見ながら、それが撃ちぬかれた兵士の眼とダブッてくる。ここでも割れてどろりと流れ出した卵が印象的だ。もはや取り返しのつかない無残なイメージが顕ってくる。戦争を忘れてはならないものとして、そのイメージは突きつけてくる。

（「水系」11号　一九九八・四）

北新宿三丁目の伯母

東中野の駅を出てまもなく、道は神田川にぶつかる。川に架かる橋は、万亀橋、新開橋、柏橋。川沿いの道は整備されていて、桜の木が川側に枝を伸ばしている。花の時期はきっといいだろう。

この辺りは、夫が子どもの頃に住んでいたところだが、私にとっては初めて行く場所だった。川沿いの道から住宅地に入ると、車の入れないような路地が張り巡らされていて、新宿にもこんな場所がまだあったのかと驚かされた。

ここに今も、伯母が一人で棲んでいる。義父の姉に当たる人で、家族同様のつきあいだ。いつもなら、義兄夫妻と義母の棲む家に集まって、一族郎党にぎやかに正月を祝うのだが、今年は伯母だけが来なかった。九十歳を過ぎて、いろいろなことに少しずつ自信をなくしているのかもしれない。来ないのなら行ってみようと、夫と二人で伯母を訪ねることにした。

ひとつひとつ橋に名のあり万亀橋けふは渡りて伯母棲む路地へ

九十歳《きうじふ》の伯母ひとり棲む新宿は神田川辺の未開発地区

正月五日。伯母は、私たちのために、大鍋一杯のおでんを煮て待っていてくれた。ガス台の上には鍋が乗っていて、まさにご飯の炊けるところ。電気炊飯器も電子レンジも持たず、台所に腰掛けを持ち込んで、震える手で煮炊きをしている。長いこと伯母が守ってきた暮らし方だ。三人で、はふはふ言いながらおでんを食べ、食後には、きんつばと上等のお抹茶をいただいた。お抹茶の茶碗は貝の汁碗というのがまた、伯母らしい。

大鍋にあふれるほどのおでん煮て待ちくれゐたり正月五日

流し場に椅子ひき寄せて煮炊きするひとり暮らしを愚痴とはせずに

手の届くところに暮らしのすべてあり窓を開けば椿が赤い

寝室と茶の間とトイレと台所。伯母自身のきまりのなかに衣食住が収まっている。箪笥のおもてを覆っているのは、災害時の注意書き。カレンダーにはメモ書き。マジックで几帳面に書かれている。歳をとって、誰にも頼らずひとりで生きる知恵が、伯母を支えているのにちがいない。
「うちの椿、かわいいよ。」と窓を開けて見せてくれたのは、藪椿よりずっと小さな紅い花を咲かせている鉢植えだった。その向こうには白いわびすけの鉢。千両のオレンジ色の実も見える。狭い庭だが、うちの庭と伯母はうれしそうだ。

田舎から出て来て、速記者だったという伯母。結婚し、子供を産んで、離婚したという伯母。働きながら、甥たちの面倒をみたという伯母。そんな伯母の経てきた歳月は知らず、私のなかの伯母は、歳とって堂々としていて、おいしいものが大好きで、好奇心旺盛、甥や姪やその家族をわが子のように可愛がり、一人暮らしの愚痴など言うことのない人だ。

帰るという私に、これをあげると風呂敷包みをくれた。中には、洗い張りした結城や大島が入っていた。それを抱え、伊勢丹に買い物に行くという伯母と一緒に新宿に出た。伊勢丹の地下でお取り寄せのお菓子を手にした伯母と、そこで別れた。「じゃあね。」と手を振って、杖をついてゆっくり歩き出した伯母の姿は、あっという間に人混みのなかに紛れてしまった。

（「北冬」№００７　二〇〇八・四）

同姓同名の不思議

マルモッタン美術館からモネの「印象・日の出」が盗難に遭ったとき、一緒に盗まれた絵の中に日本人の描いた作品があった。「モネの肖像」という、白い髭のモネと小さな男の子が手を繋いでいる絵。この絵は、長らく別の人の作品とされてきたのだが、二〇〇七年に新たに誕生した国立新美術館で開催されたモネの大回顧展において、実は「久我田鶴子」の作品であったということが公にされた。

と言っても、もちろん私のことではない。絵の制作はおそらく一九二六年頃。私はまだ影も形もない。

同姓同名のこの人は、私の曾祖父の弟・貞三郎の妻・田鶴子である。三菱商事に入った貞三郎は、一九二二年に渡仏し、パリ支店長だった。妻子を伴っての渡仏で、向こうで長男・太郎は誕生した。田鶴子は絵を描き、モネの紹介でモーリス・ドニの手ほどきを受けたらしい。例の「モネの肖像」は、モネと太郎の写真をもとに描き、お礼の気持ちでモネに贈ったものだったか。一九九一年、その田鶴子が亡くなった後、遺品の中から絵と同じ構図の写真と水彩画が見つかり、「モネの肖像」は晴れて久我田鶴子作と公にされることになったのだった。

それとは別に、二〇〇〇年の夏、上野の国立西洋美術館で西洋美術と現代短歌とのコラボレーションによる展覧会があった。私もメンバーに加えていただき、その時に割り振られた絵がモーリス・ドニの「雌鶏と少女」であった。会場には、ドニの絵と私の短歌が並べて展示された。モーリス・ドニと久我田鶴子が、である。この時にはまだ、もう一人の久我田鶴子とドニの縁について知る由もなかったのだが。

不思議なことは、確かにある。時空を超えて交錯する人と人。二人の人間が、まるで一人であったかのように思われる未来、というのもあるのだろうか。あっても不思議はない。

（「文藝家協會ニュース」No.688　二〇〇八・十二）

小中英之と「螢田」

六月末の、とある日、思いたって小田急に乗り、螢田駅へ行ってみた。小中英之の見た虹に、あるいは逢えるかと淡い期待を抱いて。

海老名を過ぎるあたりから田んぼの緑が目立ちはじめ、丹沢の山々が梅雨時の湿りをたっぷり含んだ空気の向こうにかすんで見える。秦野で山容をほこっていた大山はやがて見えなくなり、代わりに箱根の山が近づいてくる。川は相模川、酒匂川。ほかにも細い流れがいくつも緑のなかに見え隠れし、田畑をうるおした後、相模湾へと注ぎこむ。

栢山《かやま》、富水《とみず》、そして螢田。電車を乗り継いで三時間、降りたった螢田駅は、なんの変哲もない駅であった。

小中英之の螢田駅の歌が発表されたのは、昭和五十一年九月号の「短歌」であった。小中が師と仰ぐ安東次男が「何のために歌を作るのか」とその頃の小中に問いかけたところ、「鎮魂のため、季節のため、それから面白い言葉や地名の一つにもせめて出会いたいためだ」と即座に返したという。

「駅—螢田」（昭和五十二年「短歌」七月臨時増刊号）という小中の書いた文章がある。それによると、「螢田」という美しい駅名に心惹かれ、それから何年かして螢田からそう遠くない所に住むようになって、小中の螢田駅通いが始まった。しかし、繰り返し繰り返し通ってもなかなか螢田駅を歌のなかに定着することはできなかった。そしてついに六月末の或る日、梅雨の雨が上がり、空に淡い虹がかかった一瞬を目にする。その時のことを「これで螢田駅という美しい『ひびき』が、私の魂と照応したのである。」と小中は書いている。

また、それとは別のところで、短歌がある種の約束の上に成立していることを言い、すぐれた歌人は「約束のなかで、それらの約束を積極的にとり入れながらも、一方ではそれらの約束を積極的に乗り越え、歌いあげた筈である。このような過程においては、当然、自分自身に対してきびしく、そのきびしさを題材である対象にまであたえたと思う。」と述べ、斎藤茂吉の最上川の歌を三首挙げている。（「短歌人」昭和四十三年一月号）

彼岸《かのきし》に何をもとむるよひ闇の最上川のうへのひとつ螢は
最上川の上空《じやうくう》にして残れるはいまだうつくしき虹の断片《だんぺん》
最上川逆白波《さかしらなみ》のたつまでにふぶくゆふべとなりにけるかも

小中が螢田駅に通いつめたのは、自分自身に対してきびしく、更には対象にまできびしく立ち向かうことにほかならなかった。そして、螢田駅で一分間にも満たない虹を見たとき、最上川の上空に虹の断片を見た茂吉の思いが、おそらくは我が事としてわかったのだ。その日、その時でなければ逢うことのできないものに逢えた喜び。美しいものに逢えた、ただそれだけの、けれどもまさに僥倖としか思えないひとときに、身も心もうち震えたにちがいない。

（「短歌研究」二〇〇九）

十五年目の手紙

藤沢螢を覚えているだろうか。平成九年に歌集『時間の矢に始まりはあるか』を出版した。昨年、その歌集が十五年を経て送られてきた。「遅れましたが……」という短い手紙が添えられて。その数日前に久木田真紀の存在を問う歌を目にしたばかりだったので、大いに驚いた。

久木田真紀は、平成元年に「時間《クロノス》の矢に始めはあるか」で短歌研究新人賞を受賞した。昭和四十五年モスクワ生まれの女性で、当時はオーストラリアに留学中という触れこみだった。授賞式には留学中の本人に代わって、叔父だという人が出席していたが、受賞第一作「エデンの東」の発表を最後に、その作品を見る機会はなかった。

藤沢螢歌集『時間の矢に始まりはあるか』の出版は、それから八年後。朝日新聞の「風信」を見なければ、それがあの久木田真紀と容易には一致しなかっただろう。

さっそく購入して読んだ。一ページに五首組、かなりの歌数であるのに対して、あとがきはたったの三行と、作者を知る手掛かりは意図的に消されているかのようであった。新人賞を受賞したときの作者紹介が本当なら、二十七歳になっていたはずだが、私は歌の内容から、現代短歌通の五十代くらいの男性ではないかと思った。

そして、昨年の手紙。「小生」とあるのは、やはり男性であったか。

私が十五年前に書いた歌集の感想のようなものと自著を送ったところ、やがて分厚い封書が届いた。差出人は、桂川真魚。久木田真紀にして藤沢螢にして桂川真魚！

今年、平成も二十五年。平成の始まりに新人賞を受賞した人は、短歌と虚構性の問題に触れ、物議を醸しもしたようだが、その後も一人の営為として作歌をつづけていた。

新しい話題、次なる新人が求められるのは、短歌の世界とて御多分に洩れない。だが、そのために置き去りにされ、顧みもされなくなったことがあるのではないか。たとえば、短歌における虚構性の問題などはどうか。

＊＊＊

この稿を書くに当たり藤沢螢氏に書いた手紙は、宛先人不明で返ってきてしまった。遂に、パラレルワールドに住所まで移してしまったのか。

（「現代短歌新聞」二〇一三・四）

ジュサブローさん

人形町界隈は、このところ脚光を浴びている。東野圭吾原作の『新参者』がテレビドラマ化されたせいらしい。人形町を舞台に、阿部寛が面白い味を出している、あのドラマだ。

それとは関係なく、「ゴールデンウィーク、どこか近場に行こうよ。人形町あたり、どう?」と誘われ、まだ日々ハードな教員生活を送っている友人と出かけたのでした。人形町とくれば、二人の間では「ジュサブロー館」。そこが、お立ち寄りスポットなのでした。

地下鉄の駅を出て、場所確認のため地図を眺めていると、「ねえねえ、後ろに粋なおじさんがいるよ。さすが人形町だねえ。」と友人の声。振り向いて見ると、不思議な着物姿のおじさんが確かにいる。じろじろ見るのも悪いので、「ジュサブロー館、ジュサブロー館」と唱えながら行くと、もうそこはジュサブロー館だった。

入り口が狭くて、あやうく見逃してしまいそうな館。イメージしていたのとは、かなり違っていた。「おっ、ここだ、ここだ。」と入ろうとしているところへ、かの粋なおじさんが後ろからやって来た。なんと、その人こそが、辻村ジュサブローさんだった。「よく来てくれたわね。さあ、入って、入って。」とジュサブローさん。昔からの知り合いみたいなのでした。

「これはねえ、貝殻に布を貼って作ってるのよ。こういうのは細かい作業をしないと土産物みたいになっちゃうのよ。ね、可愛いでしょ?」。蜆や蛤の貝殻を芯にした人形たちを指さして、気さくに説明もしてくれたのでした。でも、ジュサブローさん、我らにとっては何と言っても、〝玉梓が怨霊〟なんですよ。

NHKの人形劇「新・八犬伝」には、ほんとワクワクさせられた。大学生になっていたと言うのにね。卒論のテーマもその人形劇からいただいた。だから、ジュサブローさんは恩人みたいなものなのでした。そのことを話すと、「初めの方で、玉梓の出番はなくなるのに、玉梓を出してという声に、どこまでいっても八犬士と玉梓の闘いになっちゃって、脚本家も大変だったわよ。八犬伝には出て来ないものまで出しちゃって。」ということなのでした。私の卒論のテーマも八犬伝には出て来ないはずの「小栗判官」。

ある日のテレビで、車に乗せた小栗を照手姫が懸命に引いていくのを見て「なんだろう、これは?」と思ったのが、説経節「小栗判官」との出会いだった。もともとは語り物だが、詞章として残されているものを読んだり、関連論文を読みあさったり、野村万作が「おぐり」を演るといえば、渋谷の「ジャンジャン」に見に行ったり、「小栗判官」所縁の地、藤沢の遊行寺、熊野の湯ノ峰温泉にもはるばる一人で出かけていった。熊野信仰を広めるために諸国を巡り歩いていた語りの者たち、業病を負って旅を続けるしかなかった者たち、芸能をもって歩き回った賤民にして〝まれびと〟でもあった者たち等々、社会の最下層を生きた人々の存在が、その頃の私を夢中にさせた。面白かったなあ。初めて自分で勉強した！　という気がしたものだった。思えば、あれから三十五年か。

ジュサブロー館で巡り会った玉梓が怨霊は、越路吹雪の歌の流れる薄闇の中で、すっかりおとなしくなっていた。さらに、狭くて急な階段を二階に上って行き、網干サモジロウにも再会。このすね者、けっこう私のお気に入りだった。

ジュサブローさんの人形では、やはり「新・八犬伝」に代表されるような日本の男や女の人形が好きだな。仇っぽく着物を着付けて、髷を結った頭にはびらびら簪をさして、口を半開きにして流し目をよこすような。人形でありながら凄みがある。その細工の、まったく手を抜かないところもまた凄い。時代考証、衣裳の着付けや髪型などに関する知識も相当なものなんだろう。単なる机上の論ではなく、具体的な人形として形づくっていかなければならないのだから。

その同じ人が作る着物を着た可愛いうさぎの人形。「花うさぎ」は、言ってしまえば少女趣味にすぎる。このギャップ、だから人間って面白い。花うさぎの絵入りの風呂敷を一枚、買うことにした。坊さんみたいな形《なり》で、耳に大きなピアスをつけ、おねえ言葉で話すジュサブローさんは、あくまで優しく、花うさぎの風呂敷にサインを入れてくれたのでした。そして、「ありがとうね。」と、阿部寛が撮影で来ているかもしれない人形町の通りへと送り出してくれたのでした。

（「水系」49号　二〇一〇・五）

ベン・シャーンから石田徹也まで

ベン・シャーンの絵に最初に出会ったのは、高校の美術の教科書でだった。何の絵だったかは忘れてしまったが、ガシガシ力強い線で描かれたペン画であった。こういう絵を描く人がアメリカにはいるんだ、と思った。

線描と言えばマンガもそうだが、細いにしろ太いにしろ線は割と均一に引かれている。自分で描く場合にも滑らかにきれいな線を引くように心がけていた。ところが、ベン・シャーンの線は、そんな認識を覆してくれた。線だけでも様々な表情をもち、力強く訴えることができることを示してくれた。

そのベン・シャーンが第五福竜丸の絵を描いていることを知ったのは、それからずっと後のことだが、いつかその絵を見てみたいと思っていた。

そして、二〇一一年、東日本大震災のあった年。十二月三日から翌年一月二十九日まで神奈川県立美術館葉山で、ベン・シャーンの展覧会が開かれた。早速、千葉から快速電車に乗って見に行った。「クロスメディア・アーティスト」ということで、絵画ばかりではなく、写真やグラフィック・アートでも活躍したベン・シャーンの仕事が一望できる展覧会だった。

そこには、ベン・シャーンの代表作となった「ラッキー・ドラゴン」シリーズもあった。「ラッキー・ドラゴン」、それは、一九五四年三月一日、ビキニ環礁で水爆実験の死の灰を浴びた、焼津のマグロ漁船「第五福竜丸」のことである。社会に起こる不条理な出来事をドキュメンタリータッチで描くこともしてきたベン・シャーンにとって、第五福竜丸事件、久保山愛吉の死は見逃すことのできない出来事だった。わかりやすく核の脅威を伝えたアメリカの原子核物理学者ラルフ・E・ラップのエッセイへの挿絵がきっかけとなって、足かけ九年にわたって第五福竜丸事件と関わりをもち、作品を発表したという。その中のいくつかは、福島県立美術館に所蔵されている。

葉山での展覧会の記念にミュージアム・ショップで、ベン・シャーンの絵にアーサー・ビナードが文をつけた『ここが家だ　ベン・シャーンの第五福竜丸』を購入した。第十二回日本絵本賞を受賞した本で、私が買った初めてのアーサー・ビナードの著作だった。

その後、二〇一三年三月九日、東日本大震災から二年が経とうとする福島市で現代歌人協会主催の「現代短歌フォーラム」が開催された際に、福島県立美術館に立ち寄った。美術館の庭はまだ除染作業中という状態だったが、ベン・シャーンの絵の何枚かを見ることができた。原発事故のあった福島で、それより以前から所蔵されていたベン・シャーンの絵を見るめぐりあわせを思わずにはいられなかった。

アーサー・ビナード氏とは、今年（二〇一四年）の地中海全国大会ではじめて会い、講演を聴き、少しだけ話をする機会もあった。そこで話したのは、ベン・シャーンの絵「ラッキー・ドラゴン」シリーズのこと。葉山から始まった展覧会が福島にも巡回したんですよねと言うと、重要とされる絵は福島入りしなかったのだとビナード氏。放射能汚染をおそれて、差し止められるということがあったらしい。日本以上にアメリカの方が原発事故の影響についてシビアに見ていることが感じられ、その後の言葉が引っ込んでしまった。

箱根での地中海全国大会が終わってまもなく、同じ神奈川県の平塚に行った。平塚市美術館でやっていた石田徹也の展覧会の会期終了が迫っていた。

石田徹也は、一九七三年、静岡県焼津市生まれ。美大在学中に応募した公募展でグランプリを受賞し、それをきっかけに就職をせず画家として生きる道を選択したが、二〇〇五年五月二十三日踏切事故で死去。享年三十一歳であった。死後、追悼展が開かれ、『石田徹也遺作集』が刊行され、NHKの「新日曜美術館」にも取り上げられたので、一般にも知られるようになった。『石田徹也遺作集』の表紙に使われた「飛べなくなった人」（一九九六年）が代表作と言っていいか。絵のもとになったスケッチを見ると、「ゆうえんちのひこうき、男」「とびたいけど、とんでいけないイメージ」とある。錆びたりペンキが剝げたりしている遊園地の飛行機に、情けない顔をした男が入って両手を広げている。

ほかには、「燃料補給のような食事」というタイトルでもわかるような絵や、校舎から頭と指先を出している「囚人」だとか、物と自画像を組み合わせた風刺の効いた絵を多く描いている。けっして気持ちのいい絵ではない。それでも、現代社会に向けて絵画によって何ができるかという挑戦がそこにはあり、石田徹也が感じていた現代社会への違和感を共有することができる。

平塚での今回の展覧会は、ノートやスケッチも展示されるとあって出かけて行ったのだが、予想以上だった。小学生の頃の作文やポスターまであった。その小学校二年生（八歳）のときの作文が「まっしろ船君へ」で、第五福竜丸について書いたものだった。石田は焼津市生まれ。焼津港は、第五福竜丸の母港だ。年譜には「第五福竜丸事件に関心を持ち、ベン・シャーンを尊敬する」とある。社会の中の人、労働者に向ける目など、幼い頃からベン・シャーンの影響を受けたことによるものらしい。思いがけなくも、焼津―第五福竜丸―ベン・シャーン―石田徹也と繋がり、ちょっとした驚きだった。

それにしても、三十一歳の死とは早すぎる。「飛べなくなった人」の頃は、一枚の絵の中に自画像的な顔をいくつも描き込んで、社会を風刺する作風だったが、二〇〇二年頃からはより自己の内面に目が向けられ、顔も細密画のようなタッチで描き込まれている。このまま突き詰めていったらどうなったか、それを考えるのは怖いような気もする。

それから、性の問題。井川遥のグラビア写真をスケッチしたものをもとにしている絵もあるが、自己と他者、異性への憧れと恐れが絵の中に出てきて、私としてはほっとしたところもある。社会風刺ばかりではなかったんだと。しかし、それはそれで、そこを突き詰めていったらどうなるか。考えるとやはり怖いような気がする。

石田徹也の未成熟さ。それが持っている、成長点を剝きだしに外の世界に曝している怖さ。怖いけれども、その先にあったはずのものをやはり見てみたかった。

（「地中海」二〇一四・十一月号）

「わたし」とは何か

「わたし」と思っている自分がいるけれど、どこかの誰かもそれぞれに「わたし」と思っている。それなら、この「わたし」が、どこかの誰かの「わたし」であっても何の不思議もないのでは。？？？こんなことを考えた少女期。一人一人がまっすぐ立って、「わたし」と言っている絵がぱっと見えた瞬間であった。でも、自分でも変なことを考えてしまったと思ったのか、他の人には語らず、きっとこんな変なことを考えるような人はいないだろうなと思っていた。

ところが、ちゃんといたのである。それが、鷲田清一だった。彼の著書で、〝同じようなことを考える人〟に出会ったときにはびっくりした。その著書が何だったか、今は探すのが面倒なので、鷲田清一の著書ということにしておくが、同様の内容を朝日新聞の「折々のことば」に書いていたので、それをここでは紹介する。

それは、二〇一五年一〇月二九日の「折々のことば」。「《私》ってのは他者なんです。」という、アルチュール・ランボーの言葉が取り上げられている。

そして、次のようなコメント。

私は自分のことを「私は」と語りだす。が、「私」は私だけが使う語ではない。だれもが自分のことを「私」と言う。そのかぎりで「私」はもう私に固有のものではない……。朝一番から理屈っぽいことを言ってすみません。でもこれで「私らしさ」などとはそう簡単には言えないことをわかっていただきたかったのです。詩人の書簡（鈴木和成訳「ランボー全集」）から。

鷲田もきっと、ランボーの言葉に出会ったときに、同じようなことを考えている人がいる！　と思ったことだろう。だが、この考え、理屈っぽいことなのであった。理屈っぽいから、かつての私も他の人には分かってもらえないだろうなと思ったのかもしれない。

自分では覚えていないが、こんなこともあったらしい。畳の上に広げられた新聞紙の上に乗って、「高い、高い」と言ったとか。どう見ても理屈っぽい。理屈っぽい子供は可愛げがない。それでも可愛がってくれた親は偉かった。

（「水系」66号　二〇一六・二）

短歌歳時記——七月のうた

楽しげに羊の雲が集まりて会議せり七月の海を眼下に　佐佐木幸綱

一九九七年の一月一日から十二月三十一日までの一年間、一日も休まず一日に最低一首を作ることを自らに課して一冊にまとめられた歌集『呑牛』の中の、七月十七日の作。詞書には「大荒れの天候」とある。そして、石原裕次郎の忌日であることも記されているが、作品は詞書とは直接つながってはいない。

七月の海の上空、集まった羊雲たちの会議の内容は何だったのか。羊雲離散ではなく、羊雲集合。雲たちの会議は「あの夏の」ではなく、「この夏の」楽しい企画で盛り上がったのかもしれない。

「お願いは自分でかなえる」七夕の短冊を娘は書かざりき

沼尻つた子（『ウォータープルーフ』）

七月の行事と言えば、七夕。短冊に願い事を書いて笹に下げる風習は、学校で職場で町内会でと、メールやラインが全盛の時代でも続いているようだ。季節感の薄れていく時代の中で、周囲の人たちを巻きこんでできる行事としても、七夕は大切な役割を担っているのかもしれない。

それはそれとして、「お願いは自分でかなえる」と言って、短冊に書こうとしなかったこの娘の毅然とした態度。実に頼もしい。笹の葉に涼風が吹くようだ。

過ぎてゆくほのかなことば　ひるがほのそよぎの中に無人駅ありき

河野裕子（『はやりを』）

七月の花と言えば、何だろう。炎天に咲くピンクの昼顔は、河野裕子ごのみの夏の花だ。茗荷の花とどちらが多く詠われているだろうか。この歌では、「過ぎてゆくほのかなことば」の後の一字空きが溜息のようである。昼顔のそよぎの中にあった無人駅が、あらためて作者に思い起こされたのは何故だったのか。過ぎていった人の存在を思わせながら、つくづく寂しい。

それにしても、昼顔といい、茗荷の花といい、河野が詠う夏の花は、なぜかしいんとしていて熱を持たない感じがする。

蒸し暑き七月の夜をガス室に籠る呻きの凄絶を聴く　　藤田　武

七月が暑くないはずはない。蒸し暑い七月の夜、藤田が耳を澄まして聴いていたのは、アウシュビッツのガス室に籠もる呻きだった。現実の暑苦しさが引き寄せた幻聴は、十六歳で海軍兵学校予科に入学し、防府で終戦を迎えた作者の戦後の意識が引き寄せたものでもあったろう。藤田はその生涯に、一冊の歌集も歌書も持たなかった。

（「現代短歌」二〇一七・七月号）

『計算尺とゴジラ』にいたるエピソード

――小林能子歌集『計算尺とゴジラ』の出版にかかわって

「茜雲往還」に決まりかけていた歌集名は、ある日「計算尺とゴジラ」に。この大転換は結果として良かったと思う。「茜雲往還」ではインパクトに欠け、どれくらいの人が手にとって読んでみようと思ってくれたか。「計算尺とゴジラ」だからこそ、あの装幀にも繋がったわけだし、歌集名は大切だ。

小林能子さんの核にあるのは家族だった（！）というのは、歌集をまとめる作業の中で気づいたことだった。それまでは、小林さんと言えば、私の中ではタイをはじめとする東南アジアの歌だったし、最近は福島や横浜の歌だったから、夫を早く亡くして一人で子育てをしてきたことなど全くと言っていいほど念頭になかった。また、直接会って話す小林さんからもいつだってそうした個人的な話はなく、近作について熱く語る小林さんにひたすら圧倒されるというふうであったから。「茜雲往還」という無難なタイトルの提案は、日本と東南アジアを往還する様と夕焼け雲の歌の印象から来ている。しかし、小林さんの核にあるのが家族だと気づいたときにパッと浮かんだのは、それとは別の「計算尺とゴジラ」、乃至は「計算尺とアトム」だった。
「計算尺とゴジラ」は、歌集名としては今までに無い。その突飛さに、はじめは小林さんも「西雲往還」の方に傾いていたようだが、歌集稿を読んだ昔からの友人が「計算尺だね」と言うのを耳にして、考えは大転換。やはり「計算尺とゴジラ」が良い、となって歌集名は「計算尺とゴジラ」に決定した。小林さんの英断でした！

麵の上に唐辛子だ酢だ砂糖だといま異文化を体験するなり
タマリンドの梢に風見ゆ軒先の豚の腸ふくらめ風船になれ
ぬめぬめの黒き鯰が大鍋に棒切れのごとく落とされてゆく

小林さんの歌はスピード感に満ちている。そして、どんなものにも興味津々、好奇心でいっぱいだ。面白くてしょうがないといった感じ。何だろう、この前のめりの姿勢は。悲しいだの、寂しいだの、言ってる暇なんかないよとでも言うようだ。
そこに明らかに主体としての「わたし」はいるのに、小林さんの歌には「わたし」「わたし」と出てこない。その吹っ切れ方もまた素敵だ。

坊やにはお手上げのわたしビニールの水鉄砲に狙はれてゐて

エゴの実を見し嬉しさも脈絡なくどこかに傘を忘れ来し午後

「坊やにはお手上げのわたし」には、参ったな。小林さんの歌には珍しく「わたし」が入っているのに、この「わたし」は軽やか。坊やの水鉄砲に狙われている自分を面白がっているのだな。次の歌も、エゴの実を見て嬉しくなって傘を忘れて来てしまったとは。そんな自分のドジぶりに笑ってしまっている。

地球遠きプラントに君はプログラム修正なしつつ在ると思ひたし
思へば君の数多のものを手放しぬ　計算尺の一本を残し
乾きたるタオルが靡き夫と子が空に水まく夏のまぼろし

亡き夫を詠った歌は、さすがに思いが溢れている。もっとべたべたに泣いている歌もあるが、ここに挙げた歌は作品として立っていると思う。

夫の仕事についての具体は出てこない。けれども、宇宙開発とか原子力開発とかに関係していたらしいことは作品から窺い知れるのではないか。ゴジラやアトムというのは、そういう時代だったということだが、夫の仕事との繫がりも感じられる。

小林さんが東日本大震災後の東北に人一倍の心寄せをしているのも、日本語教育で関わった人たちがそこにいるからというばかりではなさそうだ。あからさまに言わないところに小林さんが大切にしているものがあるにちがいない。

（「水系」76号　二〇一八・十）

片貝荘と佐佐木信綱

「信綱の歌集を読んでいたら、片貝荘と出てきたんですが」と知り合いに言われて、『佐佐木信綱全歌集』を開いてみた。

確かにありました！　昭和二十六年一月刊の歌集『山と水と』の中に。「九十九里浜なる久我貞三郎君の片貝荘にて」と詞書が付されて、次の三首が並んでいる。

真白砂光を帯び来影《き》をゐがき松原の上の月夜となれり
ここかしこ芝生のうへに蔭ありて松いくもとの月夜なりけり
遠汐さゐる東方《ひがし》になりて浜の家の夜がたりの間に月かたぶきぬ

片貝荘とは、久我貞三郎の別荘で、弓なりになった九十九里浜のほぼ中央に流れ出る作田川の河口の松林の中にあった。貞三郎は、曾祖父の二番目の弟で、現在の一橋大学を卒業後、三菱商事に勤め、大正時代の五年間ほどパリ支店長をしていたこともある。短歌をいつごろ始めたのかは知らないが、「心の花」に所属し、信綱に師事しており、自分の別荘に先生を招くようなことも何度かあったようだ。

その別荘が「片貝荘」と呼ばれていたなどとは知らなかったが、子どもの頃、夏になると「別荘に届けに行くように」と、野菜や卵などを届けに行かされたものだ。

貞三郎家は千葉市の黒砂台というところにあり、夏になると故郷にある別荘に遊びにやって来た。羽振りの違いが如実。本家のわが家は、曾祖父が網元をやって二度までも倒産したらしく、戦前からすでに家が傾き、戦後には農地解放でいよいよ貧しく、跡を継いだ坊ちゃん育ちの父は、やったことのない野良仕事に休む暇もなかった。そうやって一家を養い、私と弟を育ててくれたのだ。

さて、この「片貝荘」、貞三郎の死後は、その息子の太郎氏（パリ生まれ。「心の花」に所属）が引き継いでいた。しかし、手入れもあまりされなくなっていたようだ。そして、二〇一一年三月十一日。東日本大震災による津波で被災し、建物は水に浸かり、松林も大方枯れてしまった。その後しばらくはそのままになっていたが、現在は取り壊され、その上に土が盛られて公園のようになっている。そこには、竹下夢二の宵待草の碑が立っており、九十九里の砂浜に建つ高村光太郎の智恵子抄の碑とともに、久我貞三郎氏がかつて建てたものである。

（「水系」86号　二〇二〇・十二）

高麗青磁と坂出裕子

坂出裕子さんの歌は、ふっくらとしていて温かい。書かれる字もまた、ふっくらとしていて温かい。坂出さんの歌と字は、どこかでつながっているような気がする。歌を読むたび、手紙や原稿の文字を見るたび、ほっと温かい幸せな気持ちになる。こういう人はそうそういるものではない。

昨年（二〇一九年）の角川「短歌」二月号には、坂出さんの「高麗青磁」十二首の掲載があった。それは、まさに〝坂出裕子の世界〟だった。

こんな静かな美しきもの世にありと青磁の壺に立ち尽くしをり
立ち尽くし黙《もだ》しをりつつ静かなる壺の底ひへこころ溶けゆく
来《こ》し方も行く方《へ》も忘れ千年の青磁の壺の光浴びをり

「こんな静かな美しきもの世にありと」、初句七音でゆったりと始まり、息が長い。静かに、そして一息に言葉を吐き出して、ほうっと青磁の壺の前に心満たされて佇んでいる姿が浮かんでくる。十二首の連作のはじまりの一首である。

二首目は、一首目の結句「立ち尽くしをり」を承けて、「立ち尽くし」で始まる初句。ただ言葉もなく、うっとりと壺を見つめ、こころは壺の底に溶けてゆく。ゆったりとした調べが、充足した時間へと読者をも引き込んでゆく。

三首目。自らの来し方も行く方も忘れてしまうのは、千年という歳月を経てきた壺の力であり、青磁の色が放つ光ゆえ。モノが時を超えて、人のこころを魅了してやまない。自分の存在なんて消えてなくなるほどに、豊かなものを与えてくれる青磁の壺である。

みどりにもさまざまありて青緑《あをみどり》　灰青緑《はいあをみどり》　みどりうつくし
原爆も原発もなきとほつ世に人が作りし青磁澄み立つ
けふの日のいのちに惑ふおのが身を映して恥《やさ》し高麗の壺

青磁、みどりと言っても微妙に違って、それぞれに美しいのですよ。この青磁の色は、原爆も原発もなかった遥か昔に、人が作ったものなんですよ。それが澄んだ色をみせて、私の目の前に立っているんです。この高麗の壺を前にして、今日の命に惑っているわが身を映すことの、なんと恥ずかしいことか。歌は、静かに語っている。

坂出さんは陶磁器が好きで、殊に高麗青磁への思いは深い。これまでも何度も歌にされてきている。韓国で、日本で、見る機会があれば出かけていって、ほうとため息を吐きつつ時を忘れ……。そのことを語ってくれたときのことも蘇ってくる。出光美術館にご一緒したこともあったっけ。朝鮮半島と日本との歴史。破壊され喪われてしまうかもしれない危機を何度もくぐり抜け、今こうして目の前に立っている青磁の壺。美しさの中には、そうしたことも含まれているにちがいない。そして、ここに来て坂出さんが「原爆も原発もなきとほつ世に人が作りし」と、あらためて詠うことの意味。「けふの日のいのちに惑ふおのが身を」も、単に自分自身のことを言っているだけではないだろう。東日本大震災、福島第一原発事故の後を、文語定型に収まらないかたちの歌にしていた坂出さんを思わずにはいられない。

だからこそ次のような歌にもなるのだろう。

人類は破滅するとも人の手の作りし青磁とはに生きゆく

破滅への道を辿っているかに見える人類に対して絶望に近い感情を持ちながらも、青磁のようなものを作り出す人の手をなお信じようとする。目の前にある青磁が永久のものとなるかどうかは分からないが、「とはに生きゆく」には、そうであってほしいという希求の念が込められているのだと思う。

（「水系」82号　二〇二〇・一）

後れて読む

長いこと放って置いた本を読む。今年はそんな本が何冊か。

『モモタロウは泣かない』（ながらみ書房　二〇〇二年刊）は、永井陽子の没後、姉の伊藤邦子さんの手によって出版されたエッセイ集である。

ずっと書棚の見えるところに置いていたが、栞紐はページの初めの方に挟まれたままだった。二〇〇二年刊ということからすると、私は心身とも疲労困憊の極に達しようとしている時期で、いただいたものの、読むだけの余裕がなかったにちがいない。

それと、「モモタロウは泣かない」というタイトルにもそそられるところがなかった。島津忠夫・山中智恵子・馬場あき子・小池光といった、錚々たる人たちの栞が付けられていたにもかかわらず。

永井陽子さんには一度だけ葉書をもらったことがあった。私の歌について、けっこう厳しいことが書かれていたと記憶しているが、何故そういう葉書をもらったのか、そのあたりの記憶は曖昧になっていた。

今回、読んでみてビックリ。私の第二歌集『水の翼』の書評を書いてくれていたのだった。「短歌往来」の一九九〇年五月号。と言うことは、あるいは書評を永井陽子さんにと、私の方から編集部に指名していたのかもしれない。それで、「短歌往来」に永井さんの書評が載り、それに対して書いた私の礼状に、たぶん永井さんが返事をくれたのだろう。書評を書いてもらっていたことなど、当の本人はすっかり忘れてしまっていた。この本をいただいたときにも、目次には「第一印象」としかなかったので、それが『水の翼』の書評とは気づかず放置してしまったのだろう。

書評は、本を開いたときの第一印象（「この、すっと引いていく感じは何だろうか。」）から始まっていた。そして、その印象は最後まで読んでも残ったというのだった。

最も力を込めて鋭く描き込まなければならないものを描かずに逃げている。そういう不満がたくさん残る。「つまり、作者の内で何かが詩として成熟と発酵を経ないまま、どこかありきたりの語に置き換えられてしまっている。」と続く。

さらに、「神の思惟いかなる世界を未来図にゑがけるならむ人は生れ継ぐ」を挙げ、

いかにも思考過程が中途半端ではないだろうか。〈神の思惟〉があると信じるならば、そしてもし自分にとって今〈神〉が問題であるならば、そこのところを深く鋭く書くべきだ。一方、何ゆえに人は生れ継ぎ、何を自分は歌おうとしているのか。人が生れ継ぐとは、ずいぶん恐ろしいことの範囲に属するはずだ。疑問や迷いもあろう。ならばその疑問や迷いをどう受けとめ歌

うかが問題になってくる。この歌集は、そういう肝心のテーマが、結局どっちつかずなのである。

と書いてくれていた。

この言葉を、当時の私はどう受け止めたのだったか。こんなふうに率直に、私の歌について言ってくれた人など他にはいなかっただろうに。

書評の終わりには、「自ら得た主題と表現とがうかがわれる」として三首を挙げ、「何も声高く叫ぶというのではない。静かな明るい景の内にしっかりと自分のテーマを描いていく方法が必ずあるはずである。活字の一文字一文字が細く鋭く光を放つ、そんな峻烈な作品群に出合いたい。」と結んでいた。

こんなふうに書いてもらっていながら、そこからどう歩んできたのか。なんだか胸がかあっとなった。現在の私の歌をあらためて問われているように思われてきた。

本のタイトルになった「モモタロウは泣かない」は、病院の看護婦さん宛ての母の書簡を含めたエッセイで、永井陽子の遺稿であった。読んで、私はちょっと泣いた。

（「水系」92号　二〇二一・八）

Ⅳ

歌に賭ける思いの強さ——母として、女として——

今回の『桃原邑子歌集』（ながらみ書房・二〇〇八・三・四発行）は、「地中海」誌以外の「詩歌」「歌帖」「文学圏」「南風」に発表された作品を船田敦弘氏が収集整理された成果である。その船田氏によれば、『夜光時計』『水の歌』『沖縄』が真実を追求した文学作品、言わば「晴」の歌であるのに対して、この歌集は「歴史的事実や褻《け》の世界をモチーフとして作られた作品が多く、素面の桃原邑子を彷彿とさせる。」ものとなっている。船田氏の言うところは、文学で鎧わない地の桃原邑子がここにはいるよ、ということなのだろう。桃原邑子自身に、「地中海」と他の雑誌とを使い分けようという意識が働いていたかどうかは分からないが。

通読して感じたことは、短歌に対する思いの強さである。そして、足が悪い自分をこんなにも意識していたのかということ。

一首でもいい永久なる歌が詠みたいと作れる二万の歌の砂粒

私は嘘と本当のパッチワーク目立つ花柄のほとんどは嘘
詠む必然なきを格好よく仕立て読ませゐるなりお偉方の歌
短歌などやめたらどんなに楽だらうそしてどんなに淋しいだらう

実は、沖縄に対しても、桃原邑子という歌人に対しても、私の中では怖がっているところがある。それはたぶん戦争を抜きにしては語れないというところから相当部分がきているのだろうが、桃原邑子に関してはそれだけではない。

全国大会等で何回かお目にかかり、話を交わすこともあったのだが、いつも沖縄支社の方たちに囲まれて圧倒的な存在感があった。信奉されている女神と言ったらいいのか、簡単には近づけないようなオーラを発していた。沖縄アクセントの言葉も重々しく、ゆったりとした物腰もまた他を圧していた。会えばいろいろお土産をくださったり、時には熱いラブレターのようなお手紙をくださったりしたのに、いや、だからこそかもしれない、うっかり近づいたら火傷どころでは済まないような怖さがあった。今から思えば、それは桃原さんの短歌に賭ける思いの強さだったのではないか。短歌を詠む必然が、桃原さんには確かなものとしてあったのだ。後世に一首でもいいから自分の歌を残したいという強い思いもあった。それがきっと全国大会で大勢の人に会うような時には、より強いオーラとなっていたのではないだろうか。

では、桃原邑子にとって短歌を詠む必然とは何だったのか。それが、戦争であり、ふるさと沖縄であることは紛れもない。しかしそれも、良太の死がなければ、これほど沖縄を詠いつづけることにはならなかったのではないか。中学生だった息子良太が死んだのは、居を移した台湾の宜蘭で、昭和二〇年四月一日、特攻機のプロペラに巻き込まれたためだった。しかも、その四月一日は、アメリカ軍がついに沖縄本島へ上陸を開始した日。死んだ（殺された）息子を詠いつづけることが、その日から始まった沖縄の惨状を思いつづけることに重なる。ある時から、良太の母は、沖縄の母ともなったのではなかったか。その意味で、『沖縄』、それに続く『桃原』は、歴史や思想を云々する前に、母の歌集である。更に、これを詠い出すまでに三十年という歳月を要したことを思うと、桃原邑子にも竹山広氏が原爆を詠い出すまでの歳月に近いものがあったということだ。

私が地中海に入会した頃、桃原さんは奔放な恋の歌を作っていた。私自身が自らの女性性にこだわっていた時期なので、いっそう桃原さんの歌に注目させられた。『桃原』にある「いくさにて死にたる子への悲しみをすりかへ来しよわが相聞歌」という歌を読むと、恋の歌は、本当に詠うべき良太（沖縄）を詠い出すまでの間に作られた嘘の産物とも見られてしまう可能性があるが、そうではあるまい。

深々と抱かれたきかな悪き足感覚なきまで冷え凝る夜半
走れずに来し五十年の悔しさを笑顔に見せてわれの嘘つき
よろめきゆく吾を自ら憐れみてしばしばしつかと地を踏みて佇つ

足の悪い自らを詠った歌が、この歌集には繰り返し出てきて、〝強い桃原さん〟のイメージを持つ私にはちょっと意外であった。沖縄で小学校の先生をしていた二十歳の時、海で溺れた教え子を助けようとして左膝を複雑骨折したことに端を発する。「跛」という字を使った歌もあり、この字を使ったときの桃原さんの傷みが、こちらの感覚を刺してくる。足が悪いために教職を退くように迫られたこともあったようだ。「ハイヒールを一度もわれは履かざりきわが女をも削ぎにし跛」という歌がある。平成五年、八二歳のときの歌だが、女としてのある部分も諦めなければならなかったのだろう。奔放な恋歌の元に、この女の悲しみがあるように思う。現実には叶わないことだからこそ、奔放な恋歌を作ることができた。

しかし、そう書きながら、いやいや、それも違うという思いがある。一八歳で、詩人としても画家としても有名だった十歳も年上の、しかも既婚だった男性と結婚した桃原邑子である。情熱的でないはずがない。足の悪いことをバネにしなくても、奔放な恋歌などいくらでもできたのではないか。

最愛の夫だった人の死は、昭和三八年。桃原さんが五二歳のときだった。昭和一四年、転職した夫とともに台湾に渡り、そこで良太を亡くし、戦後、昭和二一年に熊本県田浦町に引き揚げて、教員生活をしている中での夫の死であった。

夫のこと歌にも詠まずまた語らずに来しよただに独占したく

生きの日の夫が触れけむ楠の幹にわが唇触るる昭和小学校庭

押入れの奥に花柄の風呂敷に包まれしは婚前の夫宛のラブレター

この一首目は、昭和六二年の作。最後に挙げたのは、桃原さんが亡くなった平成一一年の作である。ふるさと沖縄から離れ、夫とも死別した果て、向き合うことのできた良太の死・沖縄だったのか。その時も、最も大切なものとして胸深く抱いていたのが、夫だったというのか。歌集を読み終えて、桃原邑子が近づいたようにも、新たな物語に包まれたようにも思えるのだった。

（「地中海」二〇〇八・八月号）

初めての沖縄

二〇〇八年十一月末、初めて沖縄の土を踏んだ。戦争のことや米軍基地のことがあり、沖縄に行くことがなんとなく躊躇われていたのだが、地中海の全国大会（山口大会）で桃原良次・佳子夫妻に邑子さんの故郷を見てみたいとお話ししたところから一気に話は具体化した。観光客の多い時期と台風の来る時期を避けて、桃原さんと私の都合の合う日ということで、時期は十一月の末となった。日程もすべて桃原さん任せ。羽田と熊本からそれぞれ飛び立ち、那覇で合流した。

メインは桃原邑子の故郷を訪ねることであったが、沖縄が初めてという私のために、ひめゆりの塔や玉泉洞（鍾乳洞）、首里城や公設市場・やちむん通りといった観光スポットも組み込んでくれた。良次さんによる「沖縄旅行日程」は、次の通り。

十一月二十七日（木）

羽田11：25→那覇14：10

①ひめゆりの塔　②おきなわワールド玉泉洞　③糸数城跡

夕食…琉球茶房あしびうなぁ（与那嶺志保さんと会食）
十一月二十八日（金）
①屋慶名　Ⅰやぶ地大橋　Ⅱ森田家　Ⅲ山根家　Ⅳ名嘉村家　Ⅴ墓地
②海中道路　③勝連城跡　昼食…沖縄そば（あわせそば）
④金城紅型工房
夕食…島唄　とうばらーま（島唄と沖縄料理）
十一月二十九日（土）
①首里城　②国際通り　③牧志公設市場　昼食　④やむちん通り
那覇15：20→羽田17：30

二日目に行った屋慶名が、桃原邑子（旧姓・名嘉村）の故郷。沖縄本島中部の、東に張り出した勝連半島にある。

そこで最初に行ったやぶ地大橋は屋慶名港にあり、邑子さんがいつも身につけていたブローチと花束を海に投じた場所だという。故郷の海への散骨を望んだ邑子さんだったが、遺族はお骨は墓に納め、ブローチを海に投ずることで散骨の代わりとしたのだった。港の反対側にはエメラルドグリーンの海が広がり、本島と平安座《へんざ》島とを結ぶ海中道路が見える。

故郷に来たら親族まわりをしなければあとが大変と良次さん。一軒十五分と時間を切って、三軒まわった。どちらの家でも朝からご馳走を作って、お土産の用意（桃原さんのと私のと）をして待ちかまえていた。十五分と時間を制限されて、それでもゆっくりしていってと引き留めるのを振り払うようにして、でもお土産はしっかりいただて……。その熱烈な歓待ぶりは、今回の旅で最も「沖縄」を感じたところだ。ゴーヤ入りかき揚げ、島菜の白和え、もずく酢、ドラゴンフルーツ、サーターアンダギー等々。お土産にもスパムの缶詰をごっそり、泡盛に手作りのコーレーグース、ドラゴンフルーツ、島バナナ等々。聞きしにまさる、だった。

最後に訪ねた名嘉村家は、邑子さんの一番下の弟・格《いたる》さんの家。邑子さんが生まれた家にも案内してくれた。跡を継いだ長男一家が他所へ行ってしまったらしく、今は格さんが管理している。そこで、お墓を新しく作り替えるために旧いお墓を開いてみたら出てきたという骨壺の写真を見せていただいた。最も古いのは四、五〇〇年前のものだそうで、白っぽい中国風の優雅な形。壺の底には文字が書かれていたという。

それからお墓に行った。沖縄ではいたる所にお墓が見られた。ちょっとこんもり木が茂っているなと思うとそこにお墓が、といった具合。亀甲墓ばかりでなく、新しい破風墓（?）も。沖縄の人々の祖先を大切にする心の現れに加えて、沖縄社会の仕組みもそこに見ることができる。名嘉村家の墓は、海を見渡せる丘の上にあり、二〇〇七年に新しくしたというそれは、亀甲墓ではなく御影石を贅沢に使った立派なものだった。格さん自慢の墓で、是非とも見せたかったようだ。沖縄にはない家紋の代わりに、赤いハイビスカスの花が刻まれていた。しかし、良次さんは昔の樹木に覆われた墓の方がよかったと思っているようだった。それは、何百年という歴史を肌で感じることのできるお墓だったことだろう。

沖縄といえば夏、沖縄といえば海、そんなイメージが強いけれども、私にとっての初めての沖縄は、そうしたイメージとは全く違っていた。

十一月末の沖縄で、寒くなった、あなたが本土から冬を連れてきた、と言われても、長袖のTシャツに薄手の羽織る物さえあれば充分だったし、ハイビスカスやブーゲンビリアの花はいたる所に咲いているし、蝶も燕も飛んでいた。植物を見ると、日本というよりバリ島の方が近い感じだった。怖いと思っていた戦争の跡や米軍基地もあまり意識しないで終わってしまった。それよりも糸数城跡や勝連城跡を見たせいか、それよりずっと古い、はるかな沖縄の歴史や文化に思いを馳せる旅になった。長い歴史のなかで見たなら、沖縄戦はごくごく最近の出来事なのだ。そのごくごく最近の出来事の無惨さは言い様もないのだけれど。

旅の間に、桃原良次・佳子夫妻と話したこと。卒論で桃原邑子論を書いた与那嶺志保さん（旧姓・大崎）と話したこと。邑子さんの娘・レイ子さん（森田）や邑子さんのご兄弟に直接会えたこと。故郷・屋慶名を訪ねることができたこと。旅での収穫は、それ以外にもたくさんあった。帰ってからもしばらく沖縄熱にうかされているようだった。そして、桃原邑子について人まかせにばかりせず、自分でも書かねばと思いはじめている。

（「水系」45号　二〇〇九・二）

桃原邑子メモ

昭和二十年三月二十六日、米軍、慶良間上陸。同四月一日、米軍、沖縄本島に上陸。戦闘は地元住民を巻き込み、日本軍が組織的抵抗を終えた六月下旬以降も数か月続いた。

昭和十四年に台湾の宜蘭に居を移していた桃原一家の長男・良太は、昭和二十年四月十一日、宜蘭飛行場にて、飛び立とうとしていた日本軍の特攻機のプロペラに巻き込まれ、事故死した。十三歳であった。一緒にいた弟・良次は、直後、上半身を削がれて倒れている兄の身体と、まだ動いていた肺を目撃している。更にその先には、桃原家によく出入りしていた見習い兵も倒れており、この時の死者は二名であったという。

良次の知らせをうけて、母・邑子が駆けつけたときには、すでに事故の処理がなされた後で、良太の姿を確認することはできなかった。夜になって、包帯でぐるぐる巻きにされ、棺に納められた良太が家に送り届けられた。

良太は、現地の墓地に埋葬されたが、現在、その墓を確認することはできない。台湾の墓地はすっかり様変わりしていたと、戦後六十余年経って訪れた良次は語った。
昭和十一年生まれの良次は、兄の死を挟んで自分がすっかり変わってしまったという。いつも笑って快活だった良次は、昭和二十年四月十一日に失われてしまったと。狂いはしなかったが、あの日以来、何に対しても打ち込めない自分がいると。死んだのは、良太でなく、自分ではなかったかと。

（「水系」45号　二〇〇九・二）

邑子のふるさと屋慶名にて

沖縄本島中部の、東に張り出した勝連半島。その先に桃原邑子のふるさと、屋慶名はある。ここで、明治四十五年三月四日、名嘉村亀江（父）とフサ（母）の長女として誕生。大正十三年に沖縄県立第一高等女学校に入学し首里で寮生活に入るまで、屋慶名が桃原邑子を育んだ場所だ。

昨年（二〇〇八年）の十一月末、桃原良次・佳子夫妻と一緒に桃原邑子のふるさとを訪ねた。ずっと気に掛かりながらも、沖縄戦や米軍基地問題を考えると、私の中で沖縄は軽々しく行けない場所としてあったのだが、思い切って行ってみて、ほんとうに良かった。

屋慶名で最初に行ったのは、屋慶名港にある「やぶ地大橋」だった。邑子が亡くなった後、いつも身につけていたブローチと花束を海に投じた場所だという。故郷の海への散骨を望んでいた邑子だったが、遺族はお骨は墓に納め、ブローチを海に投ずることで散骨の代わりとしたのだった。

港の反対側には、十一月末だというのにエメラルドグリーンの海が広がり、本島と平安座島《へんざ》とを結ぶ海中道路が見える。夏はもっと海の色が美しいにちがいない。ここへ桃原邑子は帰りたかったのだ。今も邑子のブローチは、ふるさとの海で波に揺られながら沖縄のこれからを見守っていることだろう。

屋慶名には、娘のレイ子さん（森田）、妹のトヨさん（山根）、末弟の格《いたる》さん（名嘉村）の家がある。時間を限っての、慌ただしい訪問であったにもかかわらず、どこのお宅でも〝これぞ沖縄人《ウチナンチュ》〟といったもてなしを受けた。それは、桃原邑子が終生持ちつづけた内なる熱いものと共通するものだった。家の中心には祭壇があり、家族や祖先を大切にする沖縄の暮らしを垣間見ることもできた。

トヨさんの家でのこと。寝室の壁に掛けられている額を見せていただいた。そこには、一首の歌が赤鉛筆で書かれていた。

プリンスの　おきささきさまと　あがめらるる　女《ひと》の哀《かな》しみ　咲くはなしのぶ

歌の脇には「美智子さまに捧げる歌」とある。この歌は、坊城俊民氏によって密かに当時の妃殿下に届けられたらしい。そして、そのお礼として時計を賜ったという。作った当時にはとても公開することのできなかった歌を枕元に掲げ、大切なエピソードとして邑子のことを語るトヨさん一家。そこで邑子は、今も誇らしい姉であり、伯母であった。

末弟の格《いたる》さんには、生家を案内していただいた。後を継いでいた方が出られたということで、今は空き家になっているのを格さんが管理しているらしい。がらんとした家の中に祭壇だけが残されていた。そこで、古い墓から出てきたという四、五〇〇年前の骨壺の写真を見せていただき、その後、名嘉村家の墓にお参りした。二〇〇七年に新しく作ったというそれは、御影石を贅沢に使った立派なものだった。しかし、それ以前の墓は、鬱蒼とした樹木に覆われた、いかにも古いもので、何百年という先祖の歴史を肌で感じることのできるものだったという。そちらの方が、桃原邑子のイメージとも重なる。

脈々と伝わる沖縄の血を継ぐ、まぎれなき生涯を思った。

(「地中海」二〇〇九・九月号)

事実から表現へ——桃原邑子の場合

桃原邑子は、死ぬまで沖縄を歌いつづけた歌人である。明治四十五年三月、沖縄に生まれ、十代で短歌を作りはじめ、十八歳で詩人の桃原思石と結婚。昭和六年に「詩歌」に入会し、阪口保、前田夕暮に師事した。二十歳の頃である。女学校卒業後は小学校訓導として働いていたが、昭和十四年、夫の転職のため台湾に移住、戦後は親戚を頼って熊本に引き揚げ、以来ずっと熊本で暮らした。

　O型の血潮のすべてを地は吸へりこのばらばらはわが生みし子や
　今朝をわが切りてやりたる指の爪見れば紛れなき吾子のばらばら

第三歌集『沖縄』（昭和六十一年刊）より。ここで詠われているばらばらになった子は、邑子の長男・良太である。昭和二十年四月十一日、当時住んでいた台湾の宜蘭には特攻機の飛び立つ飛行場があった。それを見に行っていた良太は、飛び立とうとする特攻機のプロペラに巻き込まれて死んだ。十三歳であった。

「Ｏ型の血潮のすべてを地は吸へり」「このばらばらは」――なまなましい事故現場を目の当たりにしている母の姿が強烈に迫ってくる歌だ。邑子が息子の死を表現するに至るまでには、三十年余りの歳月を要した。石原吉郎がシベリアでの抑留体験を、竹山広が長崎での被爆体験を表現できるようになるまでに要した時間と共通する時間を桃原邑子もまた持ったのだと思う。そして、桃原邑子の場合、表現し得なかった長い歳月が、事実にそれ以上の光と熱量を与えることになったのではないか。

その理由として考えられること――息子の死が敵ではなく味方によってもたらされたこと。しかも、沖縄に向かってまさに飛び立とうとする特攻機によるものであったこと。加害者は生き残り、その人は息子とそれほど年の違わない、特攻による死を運命づけられた者であったこと。沖縄から移り住んだ台湾の置かれていた位置。米軍の上陸により激戦地となった沖縄本島。米軍ばかりか日本軍によっても追い詰められ、死んで行った沖縄の人々――。

フォーギブ・バット・ノット・フォーゲット　めぐる子の忌よ四月一日
中学二年になりし日昭和二十年四月一日子は死にける

良太が死んだ四月十一日を、邑子は作品化する際に四月一日としている。それは、昭和二十年四月一日が、米軍の沖縄本島上陸の日であったからだ。息子の死という個人的な体験が、もっと大きなものに結びつけられ、〈わたくし〉を超えた叫びへと向かっていった。

良太の死んだ日、事故のあった現場には弟・良次が一緒にいた。一瞬の出来事の後、兄の姿を探すと、裂けた体からまだ激しく動いている臓器が見てとれたという。母・邑子は、その現場を見てはいない。邑子が対面したのは、きれいに処理された後の良太の遺骸であったそうだ。だが、良太の死を表現するに至るまでの長い間に、息子の「このばらばら」をありありと繰り返し見ていたのではないか。そして、息子はなぜ死ななければならなかったのか、そのことを考えつづけていたのではないか。

歌集『沖縄』のあとがきには「わが子の無惨な死の歌をひとの前に晒したくないという思いもありました。」とある。そして、更に「私は沖縄のみんなの人の悲しみが詠みたかったのです。」とも書いている。わが子の無惨な死の歌を晒す覚悟をした時、それのみに留まらず、沖縄の多くの人たちの悲しみを自分のものとして表現していくということを意識的に選びとったのである。

われを外れゆきたる弾が他のひとに爆ずるを見てをりこれの恍惚
むくろなる母の乳吸ひ幾日を生きし幼かまなじり閉ざせり
親にはぐれ泣き叫ぶ子を見ぬふりに逃げてゆきたりわれもその一人
つはもののむくろのかたへすさまじき草の芽吹きやそを摘みて食ふ

この戦場詠のなまなましさは、桃原邑子が沖縄戦の体験者であるという誤解を招くことにも繋がった。身近にいた者でさえ、そう思いこんでいた人はいた。しかし、作者にとっては、直接の体験者であろうがなかろうが、そんなことは大したことではなかったのかもしれない。もっと言えば、自己も他者もない。悲しみは、あなたのであり、同時にわたしの、なのだから。そこに桃原邑子の短歌がある。

改めて作品を読み直してみると、「これの恍惚」の中にも、「われもその一人」の中にも、「そを摘みて食ふ」の中にも、強く内に向かう視線がある。戦争に生き残った者の罪深さの自覚と言ったらいいのか――。それでもなお生きる者として詠わずにはいられないものに突き動かされて、桃原邑子の沖縄の歌はあったのではないだろうか。

（「六花」Vol.1　二〇一六・十二）

知覧で宜蘭、桃原邑子をおもう

今年（平成二十八年）の十一月、知覧の特攻平和会館に初めて行った。限られた時間の中で、若き特攻兵たちの遺影や遺書・遺品の類、戦闘機の展示を見て、沖縄に向けて飛び立った陸軍特別攻撃隊は、知覧と台湾とにあったことを再確認した。

知覧には第六航空軍（振武隊）、台湾には第八飛行師団（誠隊）。北と南から挟み撃つかたちで沖縄に向けて出撃。台湾の第八飛行師団は、宜蘭・屏東・花蓮港を根拠飛行場とし、中でも中心となったのが宜蘭であった。

知覧に行って宜蘭のことを考えていたのは、宜蘭が桃原邑子の長男である良太が死んだところだったからだ。昭和二十年四月十一日、宜蘭南飛行場にて、まさに飛び立とうとする特攻機のプロペラに巻き込まれて良太は死んだ。中学二年生になったばかりであった。

その日、同じ場所から飛び立つはずの特攻機は、飛行第百五戦隊の三機。うち二機は無事に飛び立ち、沖縄の中城湾で戦死。知覧特攻平和会館には、その二人の遺影も飾られていた。

神尾幸夫大尉（神奈川県・二十二歳）。戦死により少尉から大尉に特進されたようだ。特別操縦見習士官だった。

もう一人は、増田利男少尉（埼玉県・二十一歳）。こちらも戦死により軍曹から少尉に特進、少年飛行兵だった。

良太をプロペラに巻き込んだ者の名前は、特攻平和会館には残されていない。その人はその後再び特攻機で飛び立ったというが、目的地に向かう途中で不時着し、特攻によって死ぬことはなかった。彼らが乗っていた三式戦闘機は、整備にも手のかかる、最も故障の多い機種だったという。特攻によって死ぬことを運命づけられながらも死ななかった（死ねなかった）その人は、戦後をどのように生きたのだろうか。事故死した良太ともさほど年齢の違わなかったであろうその人のことがしきりに思われた。

桃原邑子歌集『沖縄』にも、その人は詠われている。

十死零生の特攻兵君が殺めしはわが子良太ぞ互みに哀し
なつかしむ如くしばしばも名を呼べり子を殺めたる特攻兵の
子のうへに突込みて来しかの兵の住むてふ北国は地図にとぼしも
流線の機首美しき三式戦のわが子の良太を切り裂きにたり
子を殺めし三式戦といふ特攻機の日の丸のマーク顕ついまもなほ

子を殺めし特攻兵にわが見せし笑顔の嘘をとはに悲しめ

「十死零生の特攻兵」を「互みに哀し」と詠いながらも、「子を殺めし」と繰り返す邑子。それだけ母の嘆きは深く、許さなければと思いつつも悲しみや怒りの矛先は、どうしようもなく〝わが子を殺した特攻兵〟に向けられたことだろう。「なつかしむ如くしばしば名を呼べり」からは、子を殺めた特攻兵の名前を知っていたことも窺える。聞くところによれば、桃原邑子には戦後もその人との付き合いがあったという。子を殺された側にとっても、殺して生き残った側にとっても、辛い現実、辛い戦後であったことだろう。

フォーギブ・バット・ノット・フォーゲット　めぐる子の忌よ四月一日

中学二年になりし日昭和二十年四月一日子は死ににける

良太が死んだ四月十一日は、『沖縄』の中では四月一日とされている。四月一日は、米軍が沖縄本島に上陸した日である。実際に良太が死んだ四月十一日から、沖縄本島へ米軍が上陸した四月一日へ。桃原邑子がこのように良太の忌日を詠み換えた意味は大きい。そこには、母としての個人的な思いを超えた、表現者としての意識的な選択が明らかにあったのだと思う。

私は沖縄人《ウチナーンチュ》です。沖縄にとって一番ひどいことは、あの戦争の戦場となったことでした。私はその沖縄のみんなの悲しみが詠みたかったのです。けれども非力な私は、その限界も思い知らされました。

桃原邑子が、『沖縄』の「あとがき」の初めに書いている言葉である。わが子の死を歌にするまでにかかった長い時間。その時間の中で考え、考え続けたこと。なぜ良太は死ななければならなかったのかということの先には、私《わたくし》から発しながら、私《わたくし》を超えていく発想の転換、「わたしの悲しみ」は「沖縄のみんなの悲しみ」でもあるという表現意識の転換があった。

「あとがき」は、次のように結ばれている。

ある日、香川先生から「沖縄の歌は、もうストップ」と言われました。「いいえ、やめません。死ぬまで作りつづけます。」私の答えでした。息子の良三曰く「これが戦争に息子を惨死させた母親の歌か、なまぬるいなあ。愛情も悲しみも風化したとしか思えない。」嗚呼。

香川進の言葉への、自らの答え。そして、息子・良三の言葉。この二つが、この後も桃原邑子をして、沖縄を、戦争を、詠いつづけさせる原動力になっていったのかもしれない。

思えば、戦後七十年という年に、特攻で死んだ兄のことを知りたいと、神尾幸夫大尉の弟さんから連絡があったあたりから、桃原邑子に関わる出来事が続いた。作曲家の岩代太郎氏からの呼びかけを受け、曲になった「南風《はえ》の花」、「魂のハーモニー」の放映。そしてまた知覧で、神尾大尉、増田少尉の遺影と対面。戦後七十年の年は、桃原邑子の十七回忌の年でもあったことを思い合わせると、「私のことを忘れないで」という声がどこからか発せられているようにも思われる。

この秋、「詩歌―気になるモノ、こと、人」をテーマとした六花書林の「六花」に、「事実から表現へ―桃原邑子の場合」を書かせていただいた。読んでいただけたら有り難い。

桃原邑子は香川進のことを「香川先生」と呼びもし、書きもしているが、口語自由律に転換したばかりの前田夕暮の「詩歌」に同じ頃に入っている。二人とも二十代であった。そのようなこともっと話題にされていいだろう。

（「地中海」二〇一七・二月号）

沖縄と私

初めて沖縄を訪れたのは、二〇〇八年の十一月末だった。桃原良次・佳子夫妻の案内で、桃原邑子の生地・屋慶名を訪ねたのだった。

そういうことでもなければ、沖縄は私にとってなかなか行ける場所ではなかった。どうしても沖縄戦や米軍基地のことを考えて、行くより前に身構えてしまう、そんな所だった。

だが、実際に行ってみた沖縄は、行って良かったと思わせてくれた。その時のことは、すでに「水系」45号（二〇〇九年発行）に書いた。

沖縄の親戚めぐりは、ちょっと苦手のようだった良次さんだが、屋慶名ではそれぞれ短時間ながら三軒の家を訪ねた。どの家でも朝からご馳走やお土産を用意して待ち構えていて、その歓待ぶりたるや!!　桃原邑子にもあった沖縄の人の熱さを肌で感じることになった。

親戚訪問のほかには、古き沖縄の歴史を思わせる糸数城跡・勝連城跡、観光スポットの玉泉洞や那覇の牧志公設市場・やむちん通りなどに行ったり、大学の卒論で「桃原邑子論」を書いた与那嶺志保さん、紅型作家の金城昌太郎さんに会って話したりした。沖縄戦に関わるような場所と言ったら、その時は「ひめゆりの塔」くらいで、行く前の身構えみたいなものは、すっかり吹っ飛んでしまった。

そして、その一方で、良次さんから聞かされた話（台湾の宜蘭飛行場での出来事など）にいろいろ考えさせられもした。桃原邑子のことを人任せばかりにせず、自分でも書かねばと思いはじめたのでもあった。

その後、二〇一〇年、二〇一五年と、今までに三度沖縄に行った。いずれも桃原良次・佳子夫妻と一緒だった。向こうでは、地中海の人にも会うことになり、観光という感じとはいつも違っていた。特に、三度目の沖縄行は、出かける前にBSのテレビ番組「魂のハーモニー」の話が急に持ち上がり、その番組に出演して桃原邑子について語ってくれる〝いかにも沖縄〟という人の目星をつける必要も生じて、またちょっと違ったテンションの旅になった。

こうして振り返ってみると、桃原邑子没後二十年になろうという年に『沖縄〈新装版〉』を出版するにいたる道が見えてくるようだ。

単に沖縄というだけでなく、宜蘭から飛び立って沖縄の海で戦死した特攻兵の弟である神尾氏との出会いもあった。桃原良太が特攻機のプロペラに巻き込まれて亡くなった昭和二十年四月十一日、その同じ日に神尾氏の兄も沖縄で亡くなった。良次さんも、神尾氏も、台湾の宜蘭南飛行場を接点とし、同じ日にそれぞれの兄を失ったのである。

今年の全国大会（福島大会）の帰り、良次さんは東京で神尾氏に会われたそうだ。初めて会ったにもかかわらず、まるで旧知の人のようであったと後《のち》に話してくれた。縁というものの不思議さを、この二人についても思わずにはいられない。

二〇一六年の十一月に鹿児島に行ったときには、知覧で宜蘭南飛行場から沖縄に向けて飛び立って戦死した二名の特攻兵を確認した。増田利男少尉二十一歳と神尾幸夫大尉二十二歳。事故を起こした特攻機に乗っていた人の名はなかった。（その日は、三機が沖縄に向けて飛ぶはずだった。）戦死しなければ、記念館に名前は残らない。そして、名を残さなかった（名を残せなかった）人の思いも生涯も記録されない。

私が沖縄を考えるときは、いつも桃原邑子を経由しているようだ。桃原邑子を経由するから、沖縄が私にとって具体的になる、ということがある。沖縄の海や食べ物や焼き物や布などなど、どれにも心を惹かれながら、戦争や基地問題からも離れることはないのだと思う。

（「水系」75号　二〇一八・七）

追悼　雨宮雅子――たくさんの感謝とともに

切れ長の目、すっとした顔立ち、煙草を指に挟んだ姿の美しさ。いち早く雨宮さんの追悼号を組んだ「短歌」十二月号に掲載された写真が、私のなかの雨宮雅子像と重なる。

雨宮さんと初めてあったのは、「地中海」の新年歌会だった。私はまだ二十歳の大学生で、誘われて出席したものの、歌会が如何なるものかも知らなかった。始めから終わりまで緊張しっぱなしの中で、〝この人は〟と印象的だったのが雨宮さんだった。それまで文学をやるような大人の女性に出会ったことがなかった私が、初めて出会った〝この人〟である。立ち姿よろしく、自信に満ちた発言も唸らせた。煙草をすう姿がまた、カッコイイのだった。

「地中海」が届くと、まず読むのが雨宮雅子と桃原邑子の作品。二人からは別々の刺激を受けた。殊に、雨宮さんは、身近なところにいる〝歌人〟、『齋藤史論』のような論も書ける人として、具体的な目標となった。意識を高く持てと、いつも言われているようにも感じられ、それが励みになった。雨宮さんのような人が近くにいて、見守ってくれていたことが、直接師と仰ぐような人のいなかった私にとって、どんなに有り難かったことか。第一歌集を出すときには、解説を書いていただいた。趣味を超えた短歌の世界へと鼻を向けていただいたのだと思う。以後ずっと、雨宮さんが「地中海」を離れてからもずっと、「久我ちゃん」と呼びかけてくれ、励まし続けてくださった。

雨宮さんが「地中海」を離れてから二十年が経っていたとは。昨年の夏、「雅歌」の二十周年記念号が届いたときに、お便りした。それに対する返信が雨宮さんからの最後のお便りになってしまった。その中でも雨宮さんは励ましの言葉を忘れなかった。そして、それは、私に与えられた宿題であった。

思えば、この一年間は、それまでよりも数多くの手紙や電話のやりとりがあった。それは、『香川進研究1』の発行ということがあったからで、いつになく香川進について雨宮さんと言葉を交わすことになった。

二十年ほど前に、雨宮さんが「地中海」を離れることになった理由については、私の知るところではない。香川進と雨宮さんとの間に何があったのか。分からない。だが、香川進の死から十七年。雨宮さんの側にも、夫の死や息子とコラボした本の出版、そして棄教ということがあり、二人の間に蟠っていたものも解れていく時期を迎えていたのだろう。『香川進研究1』に関わっていただくことで、雨宮さんの中の香川進を表に出すことができ、そこにいくらかでも関わることができたのは、良かったと思っている。雨宮さんの最後のお便りで、私に与えられた宿題は「香川進論」を一本にするというものだった。自分にはできなかったが、あなたくらい距離がある方が書けるのではないかと、最後になってまた鼻を向けられたような感じだ。

繰り返し孤独死を受け容れる覚悟を歌にもし、口にもしてこられた雨宮さんだが、本当に亡くなられてしまった寂しさは、何と言っていいか分からない。

訃報に接した昨年の十月二十九日は、群馬にある物語山という山に行くのでいつもより早起きをした。新聞に読む、雨宮雅子死去の記事はあまりに素っ気なかった。それでも、認めなくてはならないものとしてそこにあった。その日の山行は、十月の末とは言え、春のように日差しが暖かく、山頂からの眺めは霞がかかったようだった。雲ひとつ無い、というのがいっそう寂しく思われた。雨宮さんと共有することのできたこの世の時間を抱きしめる。

雲ひとつなき悲しみに一日《ひとひ》あり雨宮雅子ひとりし逝ける
久我ちゃんと呼びかけくれしその声のかすれ嗄れてもはやかへらず
さびしさはその人のもの知りえねば知りえぬことに黙すほかなし

（「雅歌」62号・終刊号　二〇一五・四）

あの夏の、あの「時」の、向日葵と百合

あの夏の数かぎりなきそしてまたたつた一つの表情をせよ　小野茂樹『羊雲離散』
花もてる夏樹の上をああ「時」がじいんじいんと過ぎてゆくなり　香川進『氷原』
向日葵は金の油を身にあびてゆらりと高し日のちひささよ　前田夕暮『生くる日に』
びっしりと黒き愉悦の種子を得て見捨てられいる午後の向日葵
関根和美『緑のアダージオ』
百合の蕊かすかにふるふこのあしたわれを悲しみたまふ神あり　雨宮雅子『悲神』

一九七〇年五月の連休明け、東京は銀座の夜の昭和通りに乗車したタクシーから投げ出されて、ひとりの男が死んだ。男の名は小野茂樹。まだ三十三歳だった。

それから七年後、私は「地中海」に入った。所属グループは「羊」、小野茂樹が作ったグループであった。

一首目は、その小野茂樹の代表歌である。「あの夏の」の入りは鮮烈だ。読み手それぞれの「あの夏」を引き寄せながら、「そしてまた」という短歌らしからぬつなぎの言葉を入れて、「表情をせよ」

と迫ってくる。永遠の青春歌と見えた一首を今読むと、失われて取り返しようのないものに向けて放つ声の激しさが胸に刺さる。青春挽歌なのだった。小野の死から今年、五十年忌を迎えた。

二首目は、小野の師・香川進の代表歌である。口語自由律から出発した香川が、戦中の定型復帰、その後の表現の格闘と思索を経ての一首である。日本の敗戦を聞かされたときに口をついて出たとか、そんなことには関わりなく「時間」というものへの態度が詠われているとか、作者自身も煙に巻くような言い方をしているが、「じいんじいん」と感覚をもって把握されたものは、普遍的なものへと繋がっているのではないか。

そして今、この一首を読むと、香川が小野茂樹に出会うよりも前の作品であるにもかかわらず、夏樹というのが小野茂樹と重なってきたりして妙な感覚に襲われてくる。

三首目は、香川の師・前田夕暮の代表歌である。ゴッホの絵の影響があるのは明らかだが、「金の油を身にあびて」「ゆらりと」に見る感覚の鋭さ、向日葵に対して太陽を小さいものとして配する構図など、明るく、湿潤な感じがない。思えば、昭和初期に口語自由律に転換するより以前から、伝統的な臭いのあまりない作風だった。ちなみに、この歌の作られた大正三年は、一時は妻が死児をみごもったかと悲しんだ（後に誤診と分かった）末に、息子・透が誕生した年だった。

夕暮は、昭和四年に「詩歌」を自由律へと転換させ、口語自由律による最初の歌集『水源地帯』を昭和七年に刊行した。香川進の出発はそこから。前田夕暮か、釈迢空か、と迷ったという話も聞くが、最終的に夕暮を師として選びとったのであった。作風を追ってみても、前田夕暮→香川進→

小野茂樹と流れていったものを思わずにはいられない。

四首目は、向日葵つながり。夕暮の向日葵が外光派とも言われ、ゴッホの絵を思わせるものであるのに対して、関根和美の向日葵はエゴン・シーレだ。花を終えて、黒い種子をびっしり詰まらせている。種子を得た喜びの反面にある、見捨てられている悲しみ。この午後の向日葵は、妻となり、母となったひとりの女の立ち姿である。

二十歳そこそこ、たまたま入った「地中海」で、はじめに私を見つけてくれたのが、坂出裕子さんと関根和美さんだった。身近なところに心を許せる歌の仲間ができたことは、どんなに嬉しく心強かったことか。見つけてくれたということで言えば、香川先生もだった。初めていただいた葉書に「日高川」を詠い続けている坂出さんのことが書かれていて、一つのテーマで続けてみるようにとあった。先生が見ていてくれることが分かって、自分の居場所を見つけることもできたと思う。

五首目は、「地中海」での二十年、その後の二十年を、私の前に最も身近なスター歌人として存在した雨宮雅子の代表歌である。

神の求めに応えられていない自己を、カインの末裔のように見据えている。百合の蕊のかすかな震えには、汚れのなさとともに、蕊の抱えもつエロス（生のあやうさ）のようなものもあるように思える。精神性の高い歌でありつつ、この震えるような感覚は香川進に繋がるものではなかったか。後に棄教した雨宮と近年洗礼を受けた関根との、信仰と表現をめぐる交錯にも心はおよぶのである。

（「短歌研究」二〇一九・八）

ひさびさの「水牛」に

ひさびさにネットの「水牛のように」を覗いてみた。「水牛のように」を知ったのは、桃原邑子の『沖縄』のことを書いたから覗いてみてと、何年か前に藤井貞和氏に言われた時から。藤井氏はじめ、毎月いろいろな書き手が書いているネット上の文芸誌（?）である。しばらく覗くことはなかったのだが、ひさびさに覗いてみて、藤井氏の詩「夏の記録」に出会った。

夏の記録

藤井貞和

私たちは　皆、（とアーサーが言う。）
第五福竜丸に乗っている、と。

航跡が伸びて、
歳月の暗部のさいごの送り火。
定型詩の歌姫は去る、もう、
帰らないからね、さよなら。

この国をひとりぼっちにする。
なにものこっていないが、

荒地の奥の普通の詩人と、
氷島のしたの普通の詩人。

歌わなければならないな、
ひとりになっても。

普通の詩人が歩いてくる、こちらへ、

跨ぎ入れることばを思いながら。

（被爆は三月一日。なぜか夏の記憶に。）

「第五福竜丸」に〝おや?〟と思い、「定型詩の歌姫は去る」に〝むむ?〟と思い、「荒地」に「氷島」ときて「普通の詩人」と続くのに〝ん?〟。そして、「歌わなければならないな、／ひとりになっても。」に、この詩人の覚悟を見る思い。

詩の最初に出てくる「アーサー」というのは、アーサー・ビナード氏のことだろう。彼も第五福竜丸のことを言いつづけ、広島に今は住んでいるのではなかったか。

ビキニ環礁で第五福竜丸が被爆してから七十年が経った今年、第五福竜丸以外にも被爆した漁船があり、被爆の後遺症に苦しんでいた人がいたことや、ビキニ環礁周辺の島々に住んでいた人たちの被爆やその後の暮らしについての記事を目にする。核に対する危機感が強まっている世界。今、言わなければ（歌わなければ）ならない、と詩人の危機感も強まっている。

「夏の記録」は、八月の掲載。前月の七月には、「駅に鳴る」が載る。

その詩は、「駅に鳴る高田馬場の発車音。省線電車の通過　まぼろし」に始まり、短歌を何首も並べているような体裁。

詩の二連目は、

全児童をまえに研究発表する少年の結論――水は電気を通しません
アトム、ナウシカ、ＡＫＩＲＡ、ゴジラ。四大アニメすべて原子力（川村湊）
誇るべき少年文化、幼きがいつか推進の徒になる原子力
ゆけ、われら、人力発電所を発明し、つみほろぼしの子々孫々に
暗黒の国に葦葺く二十一世紀。省線電車よ、われらを乗せて

とある。

二十一世紀の〈未来〉を夢見た児童は、まさに私自身で。「ラララ　科学の子」なんて明るく歌いながら、どこかでおこなわれた核実験の放射能が雨と一緒に降るから気をつけて、なんて傘を広げていたのであったが。

そして三連目は、

回し読みする一冊の『少年』誌。われら御用学者の汚名をいまに
夢の原子力、平和産業の思い、黒雲となる御用学問
信じられる！　安全管理、その努力！　だましたりうそついたりするはずがない！
御用学者われらよ、ラララ　科学の子。戦後を誇る平和のあかし

と続く。さらに、「御用学者とは『非難』じゃなくて、文学だっても御用じゃない?」と。文学もまた何をしてきたか、してこなかったか、と問いかけているのでもあった。

（「水系」99号　二〇二四・八）

後記

作歌をはじめてから五十年が経とうとしています。わけも分からず「地中海」に入ってからも、ほぼ同じ年月が経ちます。これから先、どのくらい生きられるか分かりませんが、これまでと同じだけということはあり得ない。それは確かなことで、それどころか、明日死んでも何の不思議もない、そういう年齢になってきました。

と言うわけで、これまでに書いた短歌以外のものをここらでまとめておこうか、という気になりました。ところが、作業をはじめてみると、まともなものなどほとんど無く、我ながらガッカリしてしまいました。その時その時は一生懸命に書いたものでも、今から見ればその場限りの短い文章を書き散らかすようなことばかりしてきたようなのでした。

ここに収めたのは、総合誌や新聞等の依頼に応じて書いたものもありますが、多くは「地中海」に書いたものと、こっそり書く場を作って好きに書いてきた「水系」からの文章となりました。（香川進に関して書いたものは、いずれ一冊にまとめるつもりでいます。）

たまたま入った「地中海」、さらにその中の小野茂樹がつくった「羊グループ」に所属したのもたまたまでした。入ってから知った香川進や小野茂樹（すでに亡くなっていました）でしたが、その縁を得たところから、狭かった私の世界も少しずつ広がっていったように思います。人付き合いの苦手な私が、短歌を通して多くの人と出会い、「地中海」の編集に長く関わることになったというのも、不思議と言えば不思議なことです。

「地中海」に入って少しずつ馴染んできた頃だったか、ある人に「うまく泳いでいけよ」と言われたことがあります。組織の中での人間関係を気づかってくれた言葉だったのかもしれませんが、当時の私にとっては「なんのこっちゃ？」でした。そもそも泳げない、金槌の私でした。いま思えば、短歌の海に金槌のままで生きてこられたのも不思議なことなのかもしれません。うまく泳ぐなんてことは初めから不可能なことでしたが、それでも周囲の人たちに育てられ、ジタバタしながらもとにかく今日《こんにち》まで短歌の海に遊んできました。

ここでひと区切り、短歌を通して出会った方々に感謝しつつ、これまでに書いてきたものをまとめてみました。これは一種、生前葬のようなものかもしれませんね。

出版にあたっては、このたびも田村雅之様と倉本修様にすべてお任せいたしました。心より感謝申し上げます。

二〇二四年十二月七日

久我田鶴子

地中海叢書第九六一篇

海に金槌

二〇二五年三月二日初版発行

著　者　久我田鶴子

発行者　田村雅之

発行所　砂子屋書房
東京都千代田区内神田三―四―七（〒一〇一―〇〇四七）
電話〇三―三二五六―四七〇八　振替〇〇一三〇―二―九七六三一
URL http://www.sunagoya.com

印刷　長野印刷商工株式会社

製本　渋谷文泉閣